LA LANGUE DE [illegible]MERE

PARUTION
LE 26 AOÛT 2021

Extrait

DU MÊME AUTEUR

Tous les livres de Tom Lanoye
sont traduits en français par Alain van Crugten.

Gaz, Le Castor Astral, 2020.

Décombres flamboyants, Le Castor Astral, 2019.

Esclaves heureux, La Différence, 2015.

Troisièmes noces, La Différence, 2014.

Les Boîtes en carton, La Différence, 2013.

Tombé du ciel, La Différence, 2013.

Forteresse Europe, La Différence, 2012.

Sang et Roses – Le Chant de Jeanne et Gilles,
suivi de *Mamma Medea*, Actes Sud, 2011.

Tom Lanoye

LA LANGUE DE MA MÈRE

Traduit du néerlandais (Belgique)
par Alain van Crugten

Extrait

Le Castor Astral

LA LANGUE DE MA MÈRE
sera le mille deux cent quatre-vingt-huitième ouvrage
publié par Le Castor Astral.

www.castorastral.com

ISBN 979-10-278-0288-3

Tom Lanoye

Tom Lanoye est né en 1958 à Sint-Niklaas, entre Anvers et Gand. Il est l'un des écrivains les plus populaires et primés en Flandre et aux Pays-Bas, mais aussi en Afrique du Sud et en Allemagne. Tom Lanoye est publié et joué dans une quinzaine de langues. *La Langue de ma mère,* traduit par Alain van Crugten, a été porté à l'écran par Hilde Van Mieghem.

Au Castor Astral, Tom Lanoye est l'auteur de *Décombres flamboyants* et *Gaz – Plaidoyer d'une mère damnée.*

« De fait, Lanoye est un tout-terrain inlassable de la littérature.
Dramaturge, romancier, poète, nouvelliste, et chroniqueur...
Comme agitateur d'idées, il a profondément marqué sa communauté. »
Jacques De Decker – *Le Soir*

« Il y a du *Portnoy et son complexe dans l'air*,
sauf que Lanoye est sans complexe. »
Marine Landrot – *Télérama*

« Communiquer, émouvoir, faire rire en tapant là où ça fait mal.
Telle est l'obsession de Tom Lanoye,
ce trublion des lettres néerlandophones. »
Florence Noiville – *Le Monde*

La Langue de ma mère

Hospitalisée suite à une attaque cérébrale, Josée, la mère de l'auteur, perd l'usage de la parole. Elle souffre d'une aphasie, une perte presque totale de la capacité de s'exprimer. Désormais, elle émet des sons inintelligibles traduisant son désespoir et sa colère d'être incomprise. Ancienne bouchère à Saint-Nicolas, comédienne dans une troupe de théâtre amateur, elle était pourtant connue pour son sens de la repartie et son caractère bien trempé. La langue était son instrument principal, désormais son seul combat est de lutter pour essayer d'émettre quelques syllabes. À travers ce récit, Tom Lanoye rend hommage à sa mère, une femme forte et inspirante, il se remémore son enfance tout en étant confronté à l'insoutenable, la maladie, le silence et la mort.

« De la même manière qu'elle s'était détruite lentement devant lui, démantibulée, effilochée, perdue petit morceau par petit morceau, lui échappant mot après mot, moi, je devais la reconstruire, phrase après phrase, page après page. Compenser par la langue la perte de la langue. »

*

« Elle se met encore une goutte de parfum derriere chaque oreille et se regarde une fois de plus dans le petit miroir, sous divers angles, agitant même parfois les mains a côte du visage. Elle termine cette présentation avec son hochement de tête habituel. Elle est prête. [...] Contemplant toujours son image dans son miroir – une octogenaire au regard quasi amoureux en grand apparat –, elle se met a brosser sa coiffure a coups legers. Avec le reveil. D'abord, je ne me rends pas bien compte. Puis je ressens un coup de poignard au cœur. Ma mere pomponnée pour la fête se peigne avec son reveil. Heureusement, avec l'avant lisse, le verre rond qui abrite le cadran. Sa permanente reste intacte. Mes espoirs de rétablissement s'envolent en fumée. Ma mère se peigne avec son réveil. »

Extrait

Et ceci est la relation d'une attaque cérébrale, destructrice comme une foudre intérieure, et de la pénible déchéance que subit ensuite pendant deux ans une mère poule de cinq enfants et actrice amateur de premier ordre. Elle avait mis toute son existence au service de la parole prononcée, de l'ardeur au travail et de la nourriture saine pour toute sa famille, du plaisir profitable et de l'hygiène à prix abordable en toute circonstance. Et pourtant, il a fallu qu'elle, entre toutes, soit ainsi cruellement, ainsi atrocement payée de retour par la vie, cette vie qu'elle avait toujours honorée, avec des moyens modestes et une ambition sans borne, avec entêtement fier et fierté têtue.

Elle a d'abord perdu la parole, ensuite la dignité, ensuite le battement de son cœur.

Qui la connaissait aurait toujours pensé que les choses se passeraient autrement. Que son cœur, si fragile et délabré, comme elle le disait elle-même, n'attendrait pas deux ans. Qu'il s'arrêterait de battre aussitôt que sa bouche ne pourrait plus parler, plus prononcer des invectives ou des éloges, plus goûter, sourire ou déclamer. Et encore, je ne parle pas de sa façon de discutailler, de tirer parcimonieusement sur sa cigarette filtre, de plus en plus légère avec les années. Et je ne mentionne pas le méprisant pincement des lèvres quand quelque chose lui déplaisait, sans parler de la manière dédaigneuse dont elle relevait un coin de la bouche en haussant le sourcil opposé, lorsqu'elle voulait signifier qu'elle n'avait de leçons à recevoir de personne concernant son métier, ses méthodes éducatives, ses livres de cuisine, sa conception d'un théâtre efficace et sa vision du reste de l'humanité.

Et j'aimerais vous avertir, lecteur. Si vous n'aimez pas les écrits qui reposent en grande part sur la vérité et vous laissent imaginer les parties manquantes, si vous êtes déçus par les romans qui, de l'avis de beaucoup, ne sont pas des romans parce qu'il leur manque une tête convenable, une belle queue en panache et un tronc adéquat, et qu'ils n'ont pas, en guise de viscères, un récit proprement cohérent, et si vous êtes indisposé par les textes qui sont à la fois une lamentation, un hommage et un juron grinçant, car ils parlent de la vie même mais présentent en même temps un seul personnage, un parent chéri par l'auteur, alors... Alors le moment est déjà venu pour vous de fermer ce livre.

Reposez-le sur la pile dans la librairie où vous vous trouvez, remettez-le entre les autres ouvrages sur l'étagère de votre club, de votre maison de retraite, de votre bibliothèque publique, du salon de vos amis ou de la maison que vous êtes venu cambrioler.

Achetez autre chose, empruntez autre chose, volez autre chose.

Et passez-vous de l'histoire de ma mère.

Lui
(ou : le récit du récit)

Je possède une petite photo d'elle, retrouvée après la mort de mon père. Si vous la voyiez, vous vous diriez que la beauté ne se transmet pas nécessairement de mère en fils.

Dans sa propre famille non plus, les Verbeke – une vieille lignée d'architectes, d'entrepreneurs et de maçons, dont les hommes étaient souvent grands mais toujours osseux, les femmes souvent élancées mais toujours un peu anguleuses de visage –, dans sa propre famille, donc, on pouvait se demander d'où était sorti soudain tant de beauté et d'élégance. Elle était la plus jeune fille d'une famille de douze enfants. Ils auraient dû être quatorze, mais un petit frère était mort à la naissance sans qu'on lui eût donné de nom, et un autre, baptisé dans les formes, était mort dans son berceau.

Il restait assez de frères pour ne pas vraiment ressentir le manque.

Elle, la plus petite et la plus fine de la douzaine, fut la seule à pouvoir, à seize ans déjà, aller étudier en français pendant toute une année, à Dinant, et ensuite même durant quelques mois en anglais, à Northampton. Des cours du genre Tâches Ménagères, Comptabilité, l'Étiquette et Perfectionnement de Tout Cela. Avec des règlements sévères, des voyages excitants et quelques amitiés pour la vie.

Nous parlons ici des années d'avant la Seconde Guerre mondiale, des derniers jours d'un entre-deux-guerres pacifique et apparemment sans fin, d'une période où la « petite Belgique » était florissante comme jamais. Pour la première fois depuis le cataclysme de la Grande Guerre, le carnage mondial de 14-18, son franc était à nouveau surnommé le dollar de l'Europe, pour la première fois aussi ses armes à feu et ses bières régionales devinrent célèbres sur toute la planète. Son vaste Congo – un monde à l'intérieur du monde, aux mœurs insondables et au climat ravageur – vomissait un flot ininterrompu de denrées coloniales sur la mère-patrie, elle qui aurait pu, à l'aide d'un mètre pliant et d'un chausse-pied, entrer plus de quatre-vingts fois dans sa colonie. De ces tropiques sauvages, une corne d'abondance déversait tout ce qui pouvait servir de fondement et d'ornement à la prospérité. Du caoutchouc à l'ivoire, du cuivre au cobalt, plus une montagne de zinc et d'étain, des cascades de diamants, une mer d'huile de palme et de cacao, des océans de pétrole, sans oublier l'or et l'uranium, et les œuvres d'art en bronze brut et bois d'ébène. La petite mère-patrie faisait fructifier tout cela – et comment ! – grâce à son atout séculaire : sa position au centre névralgique de l'Europe, tout juste au croisement des lignes entre Londres et Berlin, et entre Paris et Rotterdam.

Il n'y a guère moyen de trouver meilleure situation en Europe, sauf quand la guerre survient.

Mais en dépit de son aviation civile en devenir, qui opérait en bleu et blanc parce que les couleurs nationales rappelaient par trop celles de l'Allemagne, en dépit de son dense réseau ferré peuplé de locomotives robustes fabriquées sur place, en dépit également du succès du super-bolide national, la Minerva, « Rolls-Royce du Continent », en dépit de tout cela et de bien d'autres choses, l'entre-deux-guerres belge, en dehors de la capitale (Bruxelles ? Le petit Paris !) et, disons-le, en dehors d'Anvers et de Liège et, n'hésitons pas, également en dehors de Gand et de Mons, et pourquoi pas de Charleroi, l'entre-deux-guerres belge, donc, faisait encore un peu penser à la Belle Époque. Sans les fiacres et les tramways à chevaux, naturellement, et dans des vêtements plus faciles à porter, en tout cas au-dessus de la ceinture, car il était permis de se déboutonner un peu.

Et pourtant, une femme fumant dans la rue faisait encore scandale, pourtant les salles de danse qui fleurissaient partout étaient encore destinées aux ouvriers et aux voyous, et pourtant, à l'entrée des cinémas devenus de plus en plus populaires, les professeurs en soutane notaient encore les noms des élèves qui entraient, lesquels passaient inexorablement au statut d'ex-élèves dès le lendemain. Et pourtant, il n'allait pas de soi qu'une jeune dame du Pays de Waes ayant joui d'une éducation religieuse se mette à courir le monde toute seule, alors qu'elle n'avait même pas l'intention de devenir sœur missionnaire, mais qu'elle allait simplement suivre des cours de l'autre côté de la Manche, des cours de Perfectionnement !

Cela pouvait à juste titre sembler curieux, même si la gamine était dégourdie, coquette et avait la langue bien pendue, en trois langues, s'il vous plaît. Mais encore, pourquoi ces trois langues ? C'était elle qui, depuis son jeune âge, l'avait ainsi voulu et qui avait tellement plaidé sa cause auprès de tous ceux qui devaient lui donner leur autorisation, et auprès d'un tas d'autres qui n'avaient absolument rien à voir avec cette affaire. Du moment qu'elle pouvait plaider ! « Ce que j'aurais préféré », a-t-elle répété avec insistance durant toute sa vie, la plupart du temps derrière son comptoir, avec toujours un petit regret dans la voix, « ce que j'aurais bien voulu être, c'est avocate au barreau. Mais je voulais des enfants. Ça passait avant. Il faut savoir choisir dans la vie. »

Hé, qui sait, peut-être, un beau jour, avait-elle décidé d'elle-même de devenir aussi jolie et élégante ? Et bien sûr, elle avait eu ce qu'elle voulait, *ons Joséeke,* notre petite Josée.

Cela aurait étonné peu de gens. « Quand notre Joséeke a quelque chose derrière la tête ! » C'est une phrase que vous auriez pu entendre prononcer maintes fois par ses onze frères et sœurs, souvent dans un soupir, lors des fêtes de nouvel an et des repas de noces, tout juste avant ou encore longtemps après l'explosion d'une de ces disputes familiales qui pouvaient traîner pendant des années. Mais il faut admettre que, dès que revenaient des moments marquants pour la famille, les Verbeke ne se montraient jamais mesquins ou exagérément ombrageux. Ils étaient présents sans faute à l'appel, de mauvais gré ou, au contraire, désireux de retrouver l'harmonie. On les revoyait assis à la même table, réunis et inséparables, dans leur habituelle cacophonie de voix fortes d'architectes, de blagues grinçantes de maçons et de jurons de joueurs de cartes. Au fil des heures s'élevaient même des chansons (« Sur les rives de l'Escaut / Bien cachés dans les roseaux… »), entrecoupées d'opinions fortes proférées par le bourgeois qui sait qu'il a réussi dans la vie.

Et c'est vrai. Ils avaient réussi et le proclamaient. Oui, jetez un coup d'œil à la ronde, regardez-les tous : les voilà, les Verbeke réunis, agglutinés à une table de fête comme des abeilles sur un rayon de miel. La plupart d'entre eux sont déjà accompagnés d'une progéniture. Ils tiennent à la main un cigare ou un petit verre d'Élixir d'Anvers, en voilà un qui suçote une praline Leonidas et un autre qui mordille un pain d'amandes Destrooper. Mais tous arborent une mine qui en dit long, comme seules les mines de vieux parents et amis peuvent en dire long, dès que la conversation roule sur l'une des plus jeunes et des plus turbulentes parmi toute la couvée du nid commun.

« Quand notre Joséeke a quelque chose derrière la tête ? Il vaut mieux s'écarter de son chemin. »

Mais ne vous laissez pas abuser. Je saute du coq à l'âne, excusez-moi, mais je reviens à la petite photo du début. Elle y porte un large chapeau à plumes. Cela lui va bien, certes [ma mère : « C'est comme ça depuis toujours, donnez-moi un chapeau et ça me va, même si c'est un pot de fleurs ou une soucoupe volante »], ce n'est pas pour autant qu'elle s'est souvent laissé surprendre avec un couvre-chef dans la vie quotidienne. Certainement pas avec un exemplaire aussi voyant.

Elle préférait le simple turban, lorsque, en sueur et portant sans gêne le maillot de bain jusqu'à un âge avancé, elle travaillait dans le potager de son cabanon à la campagne. La petite maison construite par nous, que nous nommions le « bungalow », était située à un jet de pierre du centre de son lieu de naissance (et du mien) qui, de localité insignifiante fut un jour promue au rang de vraie ville par Napoléon en personne. Il était déjà empereur à ce moment-là.

Depuis cette époque, Sint-Niklaas ou Saint-Nicolas compte le plus d'écoles secondaires de toute la région, le plus haut taux de suicides de tout le pays et le plus grand marché, disons le plus grand espace vide, de toute l'Europe.

Afin de compenser l'un et l'autre, le vide et les envies suicidaires, une fois l'an, pour commémorer la Libération – un terme qui, chez les habitants, prend sans cesse de nouvelles significations et fait lever de nouveaux espoirs –, on fait s'élever sur cette immense et vide place du marché une escadre de ballons bariolés, les uns gonflés à l'hélium, les autres à l'air chauffé.

Ces derniers sont les modernes montgolfières. Elles sont d'abord déroulées au sol, dans un bel ensemble, par trois ou quatre aérostiers. Une masse indistincte, semblable à un nœud marin compliqué posé là par des géants, habilement démêlée et déroulée, devient une flaque de matière synthétique, capricieuse et chiffonnée, où cependant se dessinent déjà les contours de la forme bizarre qui va nous surprendre. Ou alors non, ce sera peut-être un ballon banal ? Une de ces poires pendant à l'envers, bigarrée comme un ballon de plage qui aurait la folie des grandeurs ?

Sifflant et grondant bruyamment, une flamme jaillit d'un brûleur flanqué d'un grand ventilateur, placés dans un cadre lui-même monté au-dessus de la nacelle. Pour le moment, celle-ci pend tristement sur le flanc. Le ventilateur envoie en oblique, un peu paresseusement, la flamme et le premier jet d'air chaud dans l'ouverture du ballon, qui doit être maintenue ouverte par l'aérostier et ses aides. Ils se tiennent sur la pointe des pieds, les bras levés au-dessus de la tête, se cramponnent des deux mains au bord lisse de l'ouverture, prenant soin d'éviter le jet d'air chaud, sous peine de se griller les cils et sourcils, sinon chaque cheveu de leur tête. Il faut pouvoir faire des sacrifices pour son hobby.

Dans leur dos, le colosse prend d'abord lentement forme, puis il se dresse par à-coups, comme après un accouchement barbare en plein air. Il lève d'abord la tête, puis le dos, puis le haut du corps. Posément, majestueux, il semble éclore du sol même, oui, il échappe en *slow motion* à notre place du marché, entouré de gens qui sont tous ses frères, tel l'un des innombrables guerriers surgis de terre dans les champs que Jason avait ensemencés avec les dents du serpent, les soldats qu'il dut vaincre pour s'emparer de la Toison d'Or. C'est exactement cela, ces titans modernes enflent, dominants et menaçants, toujours plus pleins, toujours plus haut, jusqu'à ce qu'ils se relèvent entièrement, hissant la nacelle sous eux, leur premier triomphe. Leur flamme chante encore plus fort et plus amoureusement à mesure qu'ils deviennent plus puissants, enfin ils se déploient en plein, agitant leur panache, soigneusement alignés. Les voilà, nos doux mastodontes, bercés par notre inévitable brise d'automne, frémissant dans l'attente, comme de juste après une naissance, provisoirement encore entravés par des câbles comme Gulliver chez les Lilliputiens, mais prêts pour un bond irrésistible vers la voûte céleste. Une armée contemporaine composée en grande partie de figues pendant la tête en bas – ce ne doivent pas toujours être des poires – dans les plus vives couleurs de l'arc-en-ciel. Certes, il y en aussi qui ont la forme d'une maisonnette en pain d'épice ou d'un schtroumpf. Ou même d'un casier de bière d'une marque connue, qui est le sponsor de ce plus léger que l'air, car il faut bien que quelqu'un paie la note, même celle de l'air chauffé.

Un peu plus tard, ils montent vers le ciel, grandioses, sous les vivats. Les plus rares ballons à l'hélium, emprisonnés dans un filet de pêche à larges mailles comme une grasse cuisse de femme saucissonnée dans un bas sexy, jettent rapidement du lest, des petits sacs de sable du Rhin et de sable jaune. C'est-à-dire que le contenu des sacs est lancé à tous les vents en un mouvement large, un rituel rappelant le geste auguste du semeur qui orne encore la couverture de nos cahiers d'écoliers. Mais ici il s'agit de sable, pas de semence, sable sur pierre, sable sur espace vide, sable sur les gens, sable sur sable.

Ils s'envolent immédiatement, au soulagement du public qui les contemple la tête en l'air, mais en cas de grande urgence, par exemple pour éviter un pylône à haute tension, il est permis d'envoyer par-dessus bord sable et sac ensemble, au risque de toucher une voiture suiveuse, une innocente tête de bétail ou, fait heureusement rare, un malheureux promeneur. Une année fatale, afin d'éviter le râteau acéré d'une antenne de télé, le lest fut lancé sur une voiture d'enfant, vide, Dieu merci. Le jeune passager venait d'en être extrait par son papa qui voulait lui faire admirer le schtroumpf qui flottait au-dessus d'eux, et l'instant d'après, juste à côté d'eux : patatras ! Un sac de sable, en plein dans le landau, les roues ont volé sous le choc.

En revanche, les montgolfières, avec un énorme bruit de succion, aspirent maintenant une extra-longue flamme via leur trou de balle bien visible. Un pet inversé qui les propulse d'un coup vers le haut, à la rencontre du firmament. Ainsi s'envolent fraternellement nos globes d'hélium et nos mastodontes à l'air chaud par-dessus nos deux clochers centraux, dont l'un supporte une énorme statue dorée de la Vierge – ainsi qu'il le faudrait, conformément à notre légendaire nature flamande, éblouissante de modestie – au lieu d'un petit coq discret ou d'un dragon étique, un de ces petits monstres à écailles qui se laisse terrasser avec plaisir par l'archange Michel.

Mais le Saint-Nicolasien n'est pas connu pour sa discrétion ou sa modestie. Sa Marie n'a donc pas du tout l'air prête à se faire terrasser par qui que ce soit, et certainement pas avec plaisir, pas même par un archange. Elle est haute comme deux maisons, Marie, elle porte une couronne sur la tête et un enfant dans les bras. Notre-Dame en impératrice fertile, cuirassée du haut en bas de feuille d'or étincelante. C'est pour cela que, dans la langue populaire, on l'appelle Marie

Dorée. S'il flotte assez de brouillard autour d'elle pour la dissimuler aux regards en dépit de toute sa feuille d'or, le populaire ricane et dit qu'elle est de nouveau en voyage et qu'elle peut se le permettre, avec tout son métal précieux et tout le temps libre qu'elle a, car enfin, un seul enfant ? Difficile d'appeler ça une occupation absorbante, c'est à peine une famille. *Eentje is geentje*, dit-on, un c'est rien.

Aujourd'hui aucun brouillard ne flotte, loin de là, il pleut un peu de sable fin mais pour le reste c'est un jour radieux de septembre, les couleurs sont aussi brutales et éclatantes que dans un tableau de Breughel, le populo applaudit et boit et mange un hamburger avec des rondelles d'oignon frit et de la sauce aux tomates fraîches, tandis que là-haut, au-dessus des baraques de foire et des têtes mâchonnantes, monte une escadre de vaisseaux de l'air. Ils s'élèvent au-dessus de nos cheminées et nos ardoises, de nos toits-terrasses à la mode et nos balcons où une foule de gloires locales agite les bras. Ils passent au ras de quelques pignons, de cafés qui se nomment De Graanmaat et Hemelrijck, de magasins comme celui de la Veuve Goethals & Filles, qui vend des verres de cristal et des étuis à couverts capitonnés de soie bleue, ils frôlent la friterie (on dit « friture » chez nous) qu'on a appelée Putiphar, du nom de l'âne de cirque de l'album de Bob et Bobette, *Le Singe volant.*

Ils filent vers le haut, le long des façades de notre hôtel de ville relativement jeune et de notre vieux Cipierage, l'antique prison qui, dans votre jeunesse, a encore servi, ô symbole, de bibliothèque publique et qu'on va bientôt, ô signe des temps, transformer en lofts. Car maintenant on veut faire des lofts de n'importe quoi, même d'anciennes bibliothèques dans lesquelles vous avez jadis lu à vous abîmer les yeux, sans en avoir jamais eu un moment de regret, et où à une certaine époque il ne restait plus un seul livre à lire en rapport avec votre catégorie d'âge, suite à quoi le bibliothécaire – que sa mémoire soit honorée, son nom loué et sa descendance bénie – vous autorisa à commencer la lecture des ouvrages de la catégorie supérieure à condition que vous n'en parliez à personne, et il en fut ainsi.

Ils passent au ras de cette façade vénérable, ils manquent d'un cheveu arracher la gouttière plus quelques tuiles de Boom d'avant le déluge. Enfin ils décident de s'en aller à tire d'aile dans l'espace infini, majestueux et silencieux, loin au-dessus de nos toits et cours intérieures, suivant pourtant avec précision notre grande voie d'accès, la Parklaan, l'avenue du Parc qui, ô surprise, longe un parc. Elle est déjà encombrée de voitures suiveuses dont les occupants ne veulent rien rater du calvaire de leur favori, dans le secret espoir d'un petit accident. L'année précédente, un ballon a amerri dans l'étang d'un château, trois se sont emmêlés dans des barbelés et deux se sont abîmés dans le domaine militaire des Westakkers, ce qui a failli provoquer une alerte internationale, car nous parlons des années où culminait la guerre froide.

Au bout de l'avenue du Parc, juste à l'aplomb du croisement avec l'autoroute d'Anvers à Gand, la petite flottille de l'air paraît s'arrêter un moment. Pendant un temps très bref, les poires et figues renversées et la grasse cuisse féminine semblent suspendues sur place, oscillant dans le vide, se balançant comme des boules de Noël sans sapin. Puis elles choisissent résolument une direction. Pas Gand ou Anvers. Pas Hulst en Hollande, mais Tamise au bord de l'Escaut.

Elles survolent d'abord le Centre Commercial du Pays de Waes qui, lors de sa construction, semblait être une bonne idée, avec son vaste parking et ses galeries couvertes, mais qui depuis des années pompe le suc vital de tout le centre de la ville, comme un ver solitaire pompe la libido d'un verrat de concours qui était pourtant destiné à fournir tout au long de sa vie sa semence à un district entier. Et ensuite, et enfin, et encore avec mes excuses pour la longue digression, mais c'est ainsi, c'est comme ça qu'on raconte et qu'on se rappelle les choses dans ma famille et dans ma région, ainsi est notre parole, ainsi est notre chair : abondante – nous allons devoir vivre avec, vous et moi, au moins pour la durée de ce récit – or donc, après le Centre Commercial, les ballons survolent un morceau de banlieue verte où, selon la sémantique et la tradition, se trouvait jadis un marais connu pour sa population grenouillère. L'endroit s'appelle encore Puytvoet, et *puit* en notre dialecte veut dire grenouille, mais il doit avoir été drainé au cours des temps, bien que les prairies, les champs et les terrains de foot du FC The White Boys soient toujours gorgés d'eau, s'imbibant des abondantes précipitations qui font la célébrité de notre Plat Pays.

Les ruisseaux et fossés du Puytvoet sont plus nombreux et plus profonds qu'ailleurs et ils sont bordés de mètre en mètre par nos absorbeurs d'humidité préférés, les saules têtards, dont le bois nous servait jadis à tailler les sabots. Qui se nomment en flamand *kloefen* et non *klompen*, comme en « beau néerlandais ». Sont également bordés de suceurs d'eau les chemins de terre, dont nous tentons éternellement de combler les trous et bordures avec de la pierraille et de la cendre de nos poêles. Mais tout cela disparaît au bout d'une semaine, comme les gravats de toute sorte, les demi-poutres et les morceaux de mur, n'importe quoi, tout est avalé par notre sol insatiable, capable de moudre un cosmos avec ses mâchoires jamais au repos, des nichées de chats, des squelettes, des carrosseries et des pianos démantibulés.

Cependant le long des chemins de terre il ne s'agit plus de saules, mais de leurs frères plus élevés, les peupliers que nous nommons canadas. Élancés et souples, ils font bruire nonchalamment leurs petites feuilles argentées et hochent la tête poliment en direction des ballons qui les survolent.

Et c'est là, enfin, entre les saules têtards et les peupliers, dans une parcelle délimitée par fossés de drainage et chemins de terre, là-bas oui !, c'est là qu'elle se tient dans son potager, vêtue de son maillot de bain préféré, noir à motifs blancs, le bandeau sur la tête, elle observe le ciel, la main en visière, pieds nus à côté d'un modeste petit feu de fanes de pommes de terre.

Elle regarde, méditative ou admirative, c'est malaisé à dire. Peut-être écoute-t-elle le chant bruissant des flammes de montgolfières, chœur jubilant dans les hauteurs. Ou peut-être suit-elle simplement le voile de fumée qui monte en tourbillonnant de son petit feu de fanes et puis disparaît dans le néant.

Ou peut-être est-elle en train de mesurer de l'œil une de ces montgolfières, se demandant combien de robes du soir une couturière habile pourrait en tirer de ses mains magiques si une pièce en costume était de nouveau au programme, *Le Malade imaginaire* ou *L'Avare* – « un Molière, ça marche toujours, du moins à la caisse. »

Une femme méditative dans un potager sous un firmament plein d'animaux fabuleux, un dimanche de septembre. Un spectacle coloré et étrangement consolateur.

À moins que le vent ne souffle en tempête et qu'il ne pleuve à verse et que tout ne doive être une fois de plus remis aux fêtes de la Libération de l'an prochain.

Mais chose promise chose due : dans ce récit, il ne sera pas question de ballons en forme de poire ou de casiers à bières, mais de ma mère et de sa fin de vie intolérablement cruelle. J'ai fait assez de circonvolutions autour de ce livre, roman ou pas roman. Il y a bien longtemps qu'il aurait dû être écrit. Accordez-moi un temps mort pour que je puisse vous l'expliquer. Je vous le promets, ce ne sera pas simplement de la procrastination. Il s'agit tout juste d'une composante du deuil, en une époque et en un domaine linguistique qui ont ôté à chacun la capacité de faire véritablement son deuil. Le lamento n'a plus droit de cité. La douleur doit être refoulée ou doit mener à quelque chose de productif.

Et je suis un bâtard obéissant de ces deux possibilités.

J'ai traînaillé et chipoté comme jamais auparavant, me cachant par lâcheté d'une souffrance que j'avais avalée sans la digérer, et aussi sans vouloir la digérer. Car avant de pouvoir les abandonner au grand oubli, ma consternation et mon chagrin ravalé, avant de pouvoir les plonger et les dissoudre dans le Léthé du quotidien, il fallait d'abord que j'en fasse quelque chose. Il fallait que je les transforme, que je transmute en un clin d'œil le plomb fondu en or, tel un roi Midas, car j'étais capable, du moins me le figurais-je, de « faire de rien quelque chose », de bâtir du durable, même si le papier souffre tout et ne rougit de rien. C'est la seule chose à laquelle je sois bon. De la boue au marbre, en un soupir.

Et pourtant, je n'arrivais pas à m'y mettre. Accablé par l'affliction comme par une maladie pulmonaire – des vertiges me prenaient n'importe où, dans des magasins, des écoles de sport, sur des estrades littéraires – je commençai à être de plus en plus honteux de mon indécision créative, et cela me plongeait dans une indécision encore plus grande. Le roi Midas ? Non. Jonas se mordant les doigts à l'intérieur de son cétacé. Job ruminant son désœuvrement sur son célèbre fumier. Le désir d'action paralysé par mille questions. Il faut que je me retienne pour ne pas, tenant à la main un catalogue de la culture occidentale, me retrouver dans la peau de Hamlet, prince de Danemark. En plus du ridicule, ce serait encore une fuite, encore un ajournement. Si vous cherchez des comparaisons, vous vous retranchez du réel et de la conscience que votre cas est terriblement ordinaire, inévitablement banal, mais aussi effroyablement unique et incomparable. Pas de plus grande escroquerie que la connaissance de l'art. Job et Jonas n'ont rien à faire ici, pas plus que Hamlet et le reste de cet équipage putassier du bateau nommé Culture dérivant dans les eaux internationales, ce bureau d'escorte qui, pour chaque grande aspiration ou chaque défaillance, vous fournit une pute gratifiante qui vous donne une plus haute idée de vous-même. Cesse de te maquiller et de te défriser, arrête de poser en Œdipe roi, en soldat Schwejk, en Sancho Panza ou en son patron. Il s'agit de toi et de toi seul. Je veux dire : de moi. Voilà précisément la question. Pourquoi tout à coup devrais-je me mettre à écrire ce bouquin ? Il y a assez de gens qui ont perdu leur génitrice, et la majorité de ces mères a eu un trajet de vie plus spectaculaire que celui d'une épouse de boucher dans le Pays de Waas. Il existe une masse de bonnes femmes importantes, avec des enfants géniaux et une carrière qui se déroule à Mumbai ou New York, Rome ou Rio plutôt que dans un bled perdu en Flandre. Laissons la parole à ces êtres fortunés que sont leurs fils et filles. Qu'ils se lamentent et honorent et fassent la fête aux souvenirs, dans un cadre géographique et historique que le lecteur ne soit pas obligé d'aller rechercher dans le coin le plus secret de son encyclopédie.

Qu'ils glorifient, pas moi.

La plus grande pression n'était pas celle que je sentais monter en moi comme un bouillonnement. Au-delà des limites de la tombe je sentais *sa* pression. Les mères ne deviennent jamais des gens comme les autres, les mères restent des mères.

Je voyais le coin de sa bouche et son sourcil qui refaisaient leur grimace dédaigneuse, sa cigarette à bout filtre se balançait entre deux doigts, elle détournait le regard et pour une fois elle se taisait, elle se taisait avec éloquence, en un silence assourdissant, muette d'une indignation bien jouée, en grande tragédienne d'à peine un mètre soixante, elle affectait une incommensurable désillusion. Chaque jour qui passait sans qu'il n'écrive son histoire, elle affichait son mécontentement à l'égard de son fils cadet.

« Si j'ai du mépris pour une sorte de gens, c'est bien pour ceux qui disent du mal de leurs parents. » Combien de fois ne m'a-t-elle pas dit ça ? Certes, après qu'elle fut réconciliée avec l'idée que j'étais devenu écrivain contre son goût et contre sa volonté expresse. [Elle, la première fois qu'elle m'a entendu parler de mes projets : « Écrire, c'est pour les paresseux, les ivrognes et les crève-la-faim. »] Quelques années plus tard, elle était illuminée, phosphorescente de fierté parce qu'il s'avérait que je pouvais vivre de ma plume, que j'avais même reçu un prix et que, malgré tout ça, je n'avais pas de problème de boisson. « Je l'ai toujours su. Ces prix. Il a ça en lui. » Elle disait cela en ma présence comme si je n'étais pas là. Sans manquer de mettre l'accent sur le fait que dans les deux cas, l'écriture artistique et le gagne-pain, elle n'y était certainement pas pour rien. « Le fruit ne tombe pas loin de l'arbre, n'est-ce pas ? » Et quand elle disait « arbre », on l'entendait prononcer « mère ». C'est l'essence même de tout texte, surtout s'il est émis à voix haute : c'est le sous-texte qui est le plus important.

Cependant, le texte et son sous-texte sont parfois tout bonnement identiques. Après la parution de mon premier recueil où figurait un portrait de mon père en couverture, combien de fois n'a-t-elle pas insisté lourdement sur la nécessité que j'écrive un jour quelque chose à propos d'elle ? Tout en me prévenant finement qu'il vaudrait mieux que cela débouche sur un récit grandiose et positif, un ouvrage d'envergure convenable, pas un méchant petit opuscule. *Noblesse oblige**[1], car enfin, la double devise de son existence était : « Tu ne cracheras pas dans la source où tu t'es abreuvé » et « Plus est en toi. »

Cette dernière sentence est à prendre littéralement. Il y a vraiment plus en toi. Oui oui, en toi aussi. En chacun de nous. Beaucoup plus. Toujours plus. « Bien sûr, tu as réussi tes examens avec la mention bien ! [Elle, roulant de grands yeux] Mais ce n'est que normal. Tu aurais aussi pu avoir la mention très bien. Enfin, on ne peut pas tout avoir. Il faut voir le bon côté des choses. Maintenant au moins, tu as encore un but devant toi. C'est quand, tes prochaines interros ? » Une vie humaine deviendra-t-elle un jour davantage que cela ? La répétition des mêmes épreuves, tests, examens, sous des formes toujours différentes, au besoin sous la forme d'un livre. *Ce* livre-ci. Une biographie classique qui, en même temps, ne peut rien avoir de classique, qui doit précisément déboucher sur quelque chose de peu ordinaire. « Ah oui ! [elle, brandissant triomphalement une main au-dessus de la tête] Quelque chose d'original ! Quelque chose de spirituel ! Tu es parfaitement libre de choisir toi-même. Pourvu que les gens disent : ça nous a terriblement étonnés, mais profondément touchés. On n'aurait jamais cru ça de ce Lanoye. »

---

1. Les mots en italique suivis d'un astérisque sont en français dans le texte original. *NdT*

En n'écrivant pas, je prenais de plus en plus conscience de son attente, qui, avec le temps, devenait une exigence, une revendication, un droit garanti par la constitution, tout cela nourri par sa prétention d'actrice amateur, par la désillusion larvée de toute une vie de bouchère contre ses gré et goût, par son éternel arsenal de tyran féminin, qui ne s'était jamais habitué à ce qu'on aille contre sa volonté.

Oh mon Dieu en qui je ne crois pas, comme elle maîtrisait l'art du chantage ménager ! La plupart du temps, ce talent forçait le respect, il inspirait parfois la terreur mais toujours l'obéissance, quel que fût son choix des armes, toujours adapté au terrain et au moment de la bataille familiale. Son placard à armes était plein et chaque engin était huilé à point. Petit mensonge pour votre bien ou menace vengeresse. Silence offensé ou flot de paroles furieuses. Elle jouait en un murmure sur vos sentiments intimes ou elle indiquait sarcastiquement que vous alliez être la risée de tout le quartier, de toute l'école et de tout le pays. Aucun rôle n'était trop mince, aucune réplique trop raffinée. « Il n'y a qu'une seule sorte de gens qui soient plus détestables que ceux qui écrivent du mal de leurs parents. Ce sont ceux qui n'écrivent rien sur leurs parents. Alors qu'ils *savent* écrire. »

Bon, je l'admets, ces dernières phrases, elle ne les a jamais dites. Mais elle aurait pu. Elle les prononcerait sans vergogne si elle lisait en ce moment par-dessus mon épaule. Correction : elle est en train de lire par-dessus mon épaule. Depuis le début. Elle commence même tout doucement à perdre patience parce que, jusqu'à présent, j'ai parlé longuement de ballons et de moi-même et pas assez d'elle.

Et en lisant par-dessus mon épaule, elle dit *mezza voce*, mais assez fort pour que je puisse l'entendre – ça s'appelle un jeu d'acteur subtil, c'était son fort sur les planches comme dans la vie quotidienne, bien qu'il faille mentionner qu'elle excellait également dans l'art de « dire son avis haut et fort » – par-dessus mon épaule, elle dit donc *hic et nunc* : « Et voilà, tu continues à parler de toi. Enfin, heureusement que tu ne lis pas ça à haute voix. Parce que, mon Dieu, mon Dieu !... Où vas-tu donc chercher ce vilain *a* ? Prononcer comme ça en privé, on peut comprendre, entre gens de Saint-Nicolas. Ou au magasin, quand on bavarde avec les clients. De braves gens dont la plupart n'ont jamais lu un livre sérieux, à peine une gazette. Là, il faut causer patois avec eux, sinon ils penseront que tu veux péter plus haut que ton cul et ils iront acheter leur charcuterie ailleurs. Mais quelqu'un comme toi ! À la radio, à la télé, sur la scène… Non mais, tu t'es déjà écouté ? Ça, tu ne le tiens pas de moi. Oui, si je dois jouer une servante dans une farce paysanne, il m'arrive d'utiliser le dialecte. Et même, j'aime bien. Je suis bonne là-dedans. Ou pour la grand-mère dans *La famille Van Paemel*, cette pauvre petite vieille. Là, le dialecte est émouvant et approprié. Mais pas chez toi ! Un écrivain qui doit donner le bon exemple ! Comment as-tu donc fait pour décrocher un diplôme de Philologie germanique ? Personne ne le comprend. Moi non plus, parfois je ne le comprends pas. »

Qu'elle lise par-dessus mon épaule autant qu'elle le veut et qu'en plus elle donne des commentaires, il va tout de même falloir qu'elle supporte que je parle encore de moi pendant quelques pages, car je n'en ai pas fini – n'ayons pas peur des mots – de me mordre les mains à l'intérieur de mon cétacé, de me faire un sang d'encre sur mon tas de fumier littéraire. Tout ce matériel, mon cul n'est pas assis dessus, il pèse sur ma poitrine pendant que je tape ceci, et cela, et encore cela.

Pourquoi sont-ce seulement mes petits récits qui doivent la remplacer, maintenant qu'elle est disparue ? Pourquoi pas les innombrables histoires de tous ceux qui l'ont également connue ? La fille, les fils, les petits-enfants, tout le reste de cette famille, une généalogie en arbre à pain renversé, avec des branches de sang qui poussent en tout sens vers le haut. Plus tous les amis et les protégés qu'elle avait en abondance – car que serait une diva de la vie sans un public large et loyal dans la seule vraie arène, celle de la réalité ? Que vaut une mère animale s'il n'y a pas quelques enfants supplémentaires en dehors de sa famille, des orphelins, des rejetés ? Des vieux amis et même des camarades de classe, restés fidèles depuis toujours, jusque dans la mort ?

Quoi que je vous livre ici, dans quel ordre ou quelle tonalité que ce soit, cela restera un noble mensonge, un fragment, un éclat du prisme qu'était sa vie. Pourquoi mon rayon de lumière, nécessairement limité, éclairerait-il mieux cette existence que le soleil de tous les autres ensemble ? Avec le temps, ma lecture des faits et gestes de sa vie sera peut-être condamnée à rester la seule, elle sera donc l'unique chose qui subsistera d'elle. Au moins, je l'espère, je le souhaite, pendant quelques années, une décennie, peut-être deux – quelle est l'espérance de vie d'un livre en des temps qui semblent se détourner des livres ? Mais tout de même, pendant ces quelques années, cette unique décennie, sa voix résonnera encore, son étoile brillera, uniquement à travers moi. Pourquoi ? Parce que je suis le seul à passer mes jours à peser les mots et ordonner les sons ?

On ne peut pas appeler cela un sentiment d'injustice, mais il m'a tout de même déstabilisé pendant longtemps. À l'avance j'étais pris de malaise, de gêne et même de vraie colère en pensant à l'arrogance, aux habitudes de rapine bien élevée de ce qui ose se nommer « les belles lettres », ce monstre assoiffé de sang parasitant la vie de ceux qui ont le malheur de se trouver dans les parages de quiconque se croit écrivain. Rien n'est en sécurité avec lui, tout est utilisable, les déformations dans sa mémoire, les histoires inventées dans son voisinage, les ragots de son journal, et à la fin tout ne paraît avoir existé que pour lui fournir une excellente matière, un sujet en or, même s'il s'agit de la mort de sa propre mère. Celui qui écrit est un vautour.

Je jouerai le vautour autant qu'on le voudra, mais pas ici. Ceci, ce livre ? Ce ne peut pas être et ce ne sera pas de la « littérature ». Pas ici, je vous en supplie, je m'en supplie moi-même, non, pas de ces sempiternelles boîtes à surprises, pleines de festons et d'astragales culturellement corrects, pleine de petites manies d'écriture vues et approuvées, de métaphores artistiquement justifiées. J'ai dépassé le stade de la Littérature majuscule. Et en même temps, croyez-moi, il n'y a pas assez de majuscules et de points d'exclamation, et les hyperboles manquent pour chanter le courage d'une octogénaire qui, lorsqu'elle réalisa ce qui lui arrivait ne désira plus rien d'autre que mourir et qui, lorsqu'elle n'eut plus conscience de rien, continua obstinément à vivre, à respirer jusqu'à l'amère fin. Il y a tout simplement trop peu de syllabes bien sonnantes pour maudire le scandale de sa déchéance, de son combat inégal. De son destin. Et dans son destin, celui de tout un chacun.

C'est pourquoi ceci ne pouvait rien avoir de commun avec l'art littéraire mais en même temps il fallait que cela devienne une Bible en mieux, un immortel poème comme il n'en a jamais été composé. Un hymne belliqueux, enthousiaste et entraînant et impitoyable, comme pour l'été le plus fertile et le plus torride de tous les étés. Et pourtant, en même temps, je le soutiens mordicus : un témoignage sec, une addition de scènes et de tableaux dépouillés de toutes fioritures et prétentions, rien de plus : « la vie comme elle est », imparfaite, fragmentaire et chaotique.

Rien que des majuscules et de ronflantes rimes internes, et en même temps rien que des faits nus. Rien et tout à la fois, de préférence vomi d'un seul jet.

Allez donc commencer à écrire ça.

Donc, rien.

J'ai d'abord commencé par composer un recueil de mes essais et critiques. En les retravaillant tellement en profondeur que j'aurais pu tout aussi bien les récrire en entier. On n'y aurait vu que du feu. Mais tout cela m'avait joliment occupé. Six mois de gagnés, nous voilà encore une demi-année plus loin. La lâcheté, façon bonhomme de se tromper soi-même.

J'ai écrit deux pièces, assez longues pour meubler toute une soirée, l'une d'elles était même rédigée de bout en bout en alexandrins, diversion et « gain » de temps supplémentaire. J'aimais à croire qu'elles devaient absolument naître toutes deux à ce moment précis et même qu'elles étaient une parfaite préparation pour ce livre-ci, cet éloge farouche qui devait être tout et rien à la fois, écrit d'un seul jet, roman ou pas.

Donc, rien.

Une magnifique pleutrerie.

Un leurre qui ne trompe personne.

Chez un spécialiste de l'estomac, je me suis couché sur le flanc pour qu'on me scrute jusqu'au fond des tripes via l'œsophage à l'aide d'un tuyau d'arrosage miniature sur lequel étaient montées une minuscule lampe et une mini-caméra. Tuyau dans la tuyauterie. L'homme n'est qu'une machine dont les joints s'usent trop vite.

Sur le flanc et à demi asphyxié par la panique. Car s'il y a quelque chose que j'ai hérité d'elle, hormis les petits maux quotidiens, c'est bien l'autoflagellation de l'affection psychosomatique, augmentée de la certitude que s'il existe deux diagnostics possibles pour une seule et même plainte, ce sera toujours le plus épouvantable qui sera le bon.

Dans le patrimoine que m'a laissé ce corps qui a formé le mien ont toujours primé la toux et les petits malaises. Mais dans son héritage, donc dans mes pensées, il n'y a d'autres maux que ceux qui se peuvent mesurer aux plaies d'Égypte. On peut ajouter à cela l'éthique du travail à un degré caricatural. Encore une de ces névroses que je haïssais en elle et que je retrouve en moi et dont je ne sais toujours pas si elle et moi en sommes affligés par la grâce de notre culture de culpabilité judéo-chrétienne ou de l'hystérie particulière à la classe moyenne. Il s'agit peut-être d'une combinaison des deux et sans doute n'est-il pas stupide de voir un lien entre un magasin de quartier et une chapelle campagnarde, entre une boutique et une synagogue. Quoi qu'il en soit, chaque fois que je ne fais pas ce que je pense devoir faire – correction : chaque fois que je n'accomplis pas assez rapidement ce que je me suis imposé comme tâche, comme un ordinateur qui établit lui-même ses programmes et les charge et les recharge jusqu'à provoquer le court-circuit – chaque fois donc que mon inconscient estime que je ne suis pas à la hauteur de l'image que je veux donner de moi, ma paupière gauche se met à trembler (sûr, c'est le stade terminal d'une tumeur du cerveau), mes poignets et mes épaules se tétanisent (sûr, c'est la sclérose multiple), les bouts des doigts semblent sans vie, ils fourmillent et commencent à peler (ce ne sera pas la lèpre, mais tout de même quelque chose de terrifiant).

Je me lève avec un mal de tête et je vais me coucher avec la diarrhée, entre-temps mon estomac produit assez d'acide pour forer d'irréparables trous dans sa paroi, comme des cigarettes fumées à l'envers qui s'enfonceraient en grésillant dans le palais. Voilà du moins ce que je ressentais le jour où j'ai décidé de téléphoner à ce spécialiste. J'avais roulé hors de mon lit et je m'étais traîné à genoux jusqu'au petit déjeuner, réduit à l'état de reptile par le mal de ventre. Une seule gorgée de café m'avait changé en fœtus de reptile recroquevillé par les crampes.

Le spécialiste me donna déjà au téléphone un début de diagnostic destiné à me rassurer, mais qui transforma les quelques heures qui me séparaient de l'auscultation en une agonie imaginaire.

Je me souvins du remède naturel avec lequel elle combattait toujours les brûlures d'estomac. « Brûlures ? [elle, avec un geste de rejet] Non, mon estomac est complètement fichu, ça ne s'arrangera jamais, ça vient de ma mauvaise colonne vertébrale et de ta naissance récalcitrante. » On pèle et on coupe une pomme de terre, on mâche longuement chaque tranche crue et on avale cette petite purée sans rien boire.

Il faut admettre que j'ai ressenti un léger soulagement. Le fœtus reptilien se déroula, alla s'asseoir sur sa chaise devant l'ordinateur et il tapa le mot que le spécialiste avait répété cinq fois : reflux. Douze millions d'occurrences. L'une d'elles renvoyait à un groupe de hard rock suédois avec une musique indubitablement adaptée. Dans l'ensemble, les autres faisaient référence dans toutes les langues de la planète aux symptômes du phénomène. Par le fait que l'entrée de votre estomac ne ferme plus correctement, vous avez la bouche sèche du matin au soir, elle se rétracte comme du vieux cuir à cause de l'acide qui, pendant la journée, grimpe lentement comme un cafard dans une conduite d'eau et vient durant la nuit clapoter contre votre luette, grâce au principe des vases communicants. De l'estomac à la bouche et retour.

En effet, ma langue était comme une vieille semelle branlante dans une godasse. Mes dents, ma fierté – à chaque examen, mon dentiste soupire que j'ai une denture à devenir centenaire – cette dentition prétendument indestructible me semblait soudain devenir fragile, cassante comme une porcelaine trop souvent lavée, rêche comme après avoir mangé des cerises amères. Si l'on n'intervenait pas rapidement, mes dents, prédestinées à casser des noix et décapsuler des bouteilles de bière devant des contemporains centenaires, mais qui baignaient à présent dans un vitriol de ma propre production, n'avaient plus que quelques années devant elles avant de se fendre, s'émietter, s'enflammer, noircir, tomber d'elles-mêmes, se pulvériser, s'évaporer. De plus, ainsi que l'indiquaient certains sites, comme toujours d'une brutalité impitoyable, le risque de cancer de la gorge pouvait à peine s'appeler un risque, c'était une certitude, du reste le larynx n'allait plus y résister très longtemps.

« Il y a quelques tissus cicatriciels à l'œsophage et aussi au cardia », grommela le spécialiste, qui fixait son moniteur tout en poussant toujours plus profond dans mon corps le tuyau d'arrosage avec lampe et caméra, comme une interminable vipère à qui j'aurais permis de se tortiller librement en moi. Je suais comme un trapéziste qui, au beau milieu d'un nouveau numéro, resterait suspendu par les dents – mes dents ! – tout en haut du chapiteau. « À part ça, je ne vois rien de bien spectaculaire. Maigrir de quelques kilos ne vous ferait pas de mal. Je peux vous prescrire des inhibiteurs d'acide, mais vous aurez le même résultat avec un peu plus de mouvement et moins de vin. » Sur mes instances, il prit quelques échantillons de ma paroi gastrique, afin de vérifier définitivement que je n'étais pas en train de cultiver une poignée d'ulcères, mais en réalité pour me confirmer ce que pressentais, ce que je savais depuis longtemps. C'était pour le moins un cancer de l'estomac en phase terminale.

La tête de l'interminable vipère contenait, outre la lampe et la caméra, une petite pince. Trois petites dents métalliques qui se refermaient pour agripper et arracher un petit morceau à l'intérieur de mon gaster. Je pris conscience que quelque chose me mordait. Une vrille, un être de l'espace en décomposition, une chenille en train d'éclore, une punition méritée. Le tuyau même, je ne l'avais pas senti, j'avais dû avaler auparavant un produit anesthésiant, sûrement un distillat de venin de mygale, qui vous endort tellement l'œsophage que vous ne pouvez rien boire ni manger pendant des heures, sinon tout ce que vous ingurgitez va directement et littéralement dans le mauvais trou, direction poumons. Et avant de vous en rendre compte, vous vous êtes noyé dans une tasse de thé.

Je ne me suis pas noyé, j'ai seulement été dévoré de l'intérieur. J'étais toujours couché sur le côté, je mordais toujours désespérément cette embouchure comme si je m'accrochais à la vie elle-même, trapéziste tournoyant sous le chapiteau de l'univers, suant comme une boule de fromage au soleil, les paupières hystériquement crispées… et pourtant je voyais devant moi, profondément en moi, un serpent mécanique sans fin, un monstre à l'œil de cyclope avec une lampe de mineur, qui commençait à me gratter l'estomac. J'ai senti son trident griffu qui cueillait de la peau – ça y est, touché – et je l'ai reconnu, nom d'un chien, j'ai reconnu l'insatiable trident.

Je l'ai reconnu deux fois.

Dans le temps, à la maison – quel âge avais-je ? cinq ? sept ans ? – nous avions une pince à sucre avec laquelle je ne cessais de jouer. Un bâtonnet en métal argenté avec un bouton à un bout ; quand vous poussiez sur le bouton s'ouvrait à l'autre bout une petite patte griffue primitive exactement pareille à celle qui me mordillait l'estomac en ce moment précis, mangeant ce qui devait digérer mon manger. Piquant, mordant.

Avec la petite pince argentée, vous preniez un morceau de sucre et vous le déposiez dans une tasse. Si je le faisais aussi souvent, ce n'était pas pour le sucre mais pour le plaisir de jouer avec la parfaite petite pince. Ma mère finissait toujours par me la retirer des mains en soupirant, en m'engueulant parce que je n'avais pas obéi du premier coup.

Je ne l'ai pas retrouvée, cette petite pince, lorsque ma mère a été définitivement, en désespoir de cause, admise dans l'institution fermée où elle allait passer les derniers mois de sa vie parmi d'autres épaves humaines – des carcasses aux mouvements limités, tout juste encore capables de baver et de déféquer, la plupart affaissées de travers et attachées, tout comme elle, sur leur lit, leur fauteuil ou leur chaise roulante. Après cette séparation forcée, mon père déménagea aussi de son côté, il s'installa dans une maison de retraite à quatre rues de chez elle. Il quitta le petit appartement qu'ils occupaient depuis près de vingt ans, situé au second étage de la boucherie qu'ils avaient tenue pendant près de quarante ans. Il ne put presque rien emporter des objets de leur ménage.

Pendant toute une semaine je fus condamné au rôle d'exécuteur des hautes œuvres. Partageur de succession, je dus rendre des verdicts à propos de chaque babiole et de chaque bel objet, aussi précieux et chers les uns que les autres. Les archives et le cadastre de deux vies intimement entremêlées, le décor de ma jeunesse aussi, avec tous ses accessoires. Entre mes mains cela devint tout bêtement une collection d'affaires anonymes, utilisables ailleurs ou non, parfois vendables, parfois bonnes à être distribuées, le plus souvent bonnes à jeter. Passé effacé sans trace. Mon père laissa ses enfants juger de tout, comme il aurait jadis laissé le jugement à sa femme. À part quelques photos d'elle et son téléviseur, il n'y avait rien dont il semblait avoir besoin pour le restant de ses jours.

J'eus beau chercher, la petite pince à trois branches resta introuvable.

Une autre griffe, mais plus grande, blanche et jaune avec des écailles et de longs ongles de corne. Garnement de dix ans, je l'avais utilisée pour flanquer la trouille à une petite voisine de deux ans plus âgée. Une patte de poulet que j'avais chipée dans notre boucherie. Je l'avais cachée à l'intérieur de ma manche repliée et je m'étais approché de la fille, le visage tordu, grognant, éructant dans un galimatias sans nom, bavant et sortant brusquement mon nouveau membre pour attaquer ses bras et jambes pleins de taches de rousseur.

À l'endroit où la patte avait été tranchée, on pouvait même, à l'aide d'une aiguille, attraper un tendon et faire le marionnettiste en tirant sur l'aiguille pour ouvrir et fermer la griffe. La petite voisine avait d'abord été affolée, mais quand, en plus, elle avait vu ma nouvelle main se mettre à remuer, elle avait poussé de vrais hurlements.

Un ou deux ans plus tard, elle est venue dans notre garage, une demi-rue plus loin, là où tous les possesseurs de voitures du quartier louaient un box, dans un labyrinthe de chemins en gravier avec des rangées et des rangées d'abris bas en béton, tous de même grandeur, avec le même toit en panneaux ondulés roses et la même double porte branlante. Ce complexe était en fait l'entrée, l'antichambre d'un grand commerce de bois, il y flottait toujours une odeur de gazole et de bois de pin. Dans la pénombre de notre box, la petite voisine si vite effarouchée montra ses jeunes nichons sans que j'eusse rien demandé. En fait, ce n'étaient que deux mamelons tendus, de couleur très sombre déjà, soyeux et cependant rétifs et durs, la chair autour des mamelons légèrement gonflée et blanche comme le chapeau d'un champignon fraîchement cueilli, mais avec des taches de son. « Ils vont devenir très grands plus tard, chuchota-t-elle, comme ceux de ma sœur. Tu peux sentir. »

Et j'ai tâté, honoré et émerveillé. J'ai picoté et pincé, pas au moyen d'une patte de poule morte, mais de trois doigts prudents, les miens. Les coussinets des doigts joints et disjoints faisaient comme une bouche, une petite bouche de doigts qui suçotait ses douces et sombres attentes, à gauche puis à droite. Et plus je palpais et suçotais, plus les tendres petits chapeaux de champignons aux taches de son se dressaient rebelles, et plus elle soupirait droit dans mon visage, de plus en plus près.

Une odeur que je ne connaissais pas encore, entre lait et amandes, supplanta le gazole et le bois de pin tout autour de moi.

Je quittai le spécialiste avec la ferme intention de ne pas attendre le résultat des examens d'ulcères et de cancer et d'enfin passer à l'écriture. Ce résultat ne révélerait de toute façon rien de plus que ce qu'avait suggéré plus ou moins ouvertement le spécialiste : comédie.

Le rapport lui donna raison. Un mois plus tard. Pendant lequel je n'avais évidemment pas composé une seule note de ce qui devait être un cantique fervent, une version améliorée de la Bible, une Écriture plus soignée, rien et tout en même temps. Gardant l'espoir tout de même de ne pas rester le cul entre deux chaises et de ne produire ni ce rien ni ce tout. Mais pour le moment, c'était même moins que cela. Attitude de fuite excentrique, fainéantise bon genre. Toute une année à donner raison à ma mère, qui avait prédit qu'un écrivain resterait un paresseux farfelu.

Douze mois, quatre saisons, un an passé en un clin d'œil.

Car entre-temps j'avais aussi passé l'hiver européen dans l'été torride et venteux du Cap, dans la maison victorienne où je tape ceci, sur cet ordinateur. Ce paragraphe, cette ligne, ces trois mots, et aussi ceux-ci, et encore ceux-ci, en ce moment même. Je les écris maintenant au lieu de l'année dernière. Pourtant j'étais déjà ici. Dans cette pièce trop petite avec son bureau d'enfant et sa terrasse de bois au pied de la puissante Tafelberg, la Montagne de la Table, dans un quartier nommé Oranjezicht, pendant mon escapade annuelle vers ce paradis provisoire d'isolement et de soleil, d'écriture insouciante et de lecture. J'évite ainsi de me perdre au pays natal dans toutes les distractions auxquelles je cède trop volontiers. Car c'est évident, je suis aussi une espèce d'acteur de théâtre manqué, une diva (un divo !) incorrigible et sans frein. Donnez-moi un podium et un public, donnez-moi un micro et un livre de moi ou d'un autre et je lirai et réciterai jusqu'à l'aube. Cela cache, outre le désir de plaire et l'avidité, un désespoir moche, je ne sais pas lequel, je ne veux pas le savoir, mais je continue, encore et encore. Encore une bataille gagnée pour le mot parlé. Encore un glorieux jour perdu sans avoir écrit.

Pourtant ici, l'année passée, j'ai écrit, mais c'était une pièce de théâtre en alexandrins. Des jours entiers à compter sur mes doigts comme un gamin assidu, toujours la même ritournelle. Ta-tàm, ta-tàm, ta-tàm / Ta-tàm, ta-tàm, ta-tàm. « Que mon malheur au moins / sonne dans l'harmonie. » « Un chant console-t-il / un cadavre vivant ? »

Pour le contenu, je mêlais Euripide à George W. Bush, Troie à l'Irak, Manhattan à Troie, des tours à d'autres tours, une guerre à une autre. Quant à la forme, j'accumulais des plosives et des sifflantes, des rimes internes et des allitérations, comme un chanteur de hip-hop spécialisé dans le *protest song* antique, qui se préparerait à un concours de slam dans les townships de Mitchell's Plain, de l'autre côté du Duivelspiek, frère de la Tafelberg. Ta-tàm, ta-tàm, ta-tàm / Ta-tàm, ta-tàm, ta-tàm ! Faisant un *beatbox* humain de ma chère langue maternelle, qui est bien plus souple, colorée et féconde que la plupart de ses utilisateurs ne veulent bien en convenir. « On promet que le temps / guérit toute blessure. » « Et que me reste-t-il ? / Un abcès suppurant. »

Six femmes, deux reines âgées et quatre princesses, prenaient la mesure d'un seul homme, le général en chef des Grecs, Agamemnon. Sept vies, à des milliers d'années de nous, à des milliers de kilomètres, d'autres continents, d'autres siècles. Alors que j'aurais dû prendre la mesure d'une seule femme dans ma propre vie. Je me rendais bien compte que je demeurais en reste. Et je me remettais à compter et à rimer avec encore plus de rage.

« Muse, chante pour moi. / Chante ma folle rage. »

« Donne à mon désespoir / cadence et poésie. »

« Pas un instant ne passe / où elle n'est avec moi. »

Mon été d'écriture ne se déroula pas de la façon insouciante que j'espérais. Plus d'un repos matinal fut haché dès l'aube par les pales d'hélicoptères passant à basse altitude. Tout dans ce pays est massif et violent, de la pauvreté à la croissance économique, du mélange des langues aux feux de forêt. Lorsque l'un de ceux-ci se déclare, les hélicos rasent les toits au ralenti dans un bruit assourdissant, comme des figurants d'un film sur le Vietnam, ils se dirigent vers un réservoir d'eau tout proche, grand comme deux terrains de foot et aussi vieux que le quartier lui-même :

les plus vieilles fondations ont été construites par les Hollandais et leurs esclaves, au service de la Compagnie des Indes Orientales.

Sous chaque hélicoptère pend un énorme sac orange, qui se ferme par le bas. Il n'empêche qu'il y a des fuites, même par le dessus, où des giclées d'eau sont projetées par le déplacement et aussitôt pulvérisées par les pales, en une imitation des averses locales. Au retour également, les sacs ouverts fuient abondamment, ma petite terrasse en est inondée, les panneaux ondulés du toit deviennent un washboard pour ancien orchestre de jazz. Finalement, me voilà encore distrait et invité à la paresse, je m'installe sur la terrasse, les pieds sur la balustrade, serviette éponge et jumelles à la main, et je suis le ballet des hélicos extincteurs.

C'est seulement quand on ne les entend plus, qu'ils sont au loin, aussi petits que des moustiques contre la paroi monstrueusement haute et abrupte de la montagne sacrée Tafelberg, qu'ils ouvrent leur sac, opérant simultanément un virage, de sorte que l'eau se déploie en un éventail élégant pour frapper le foyer de l'incendie. Ils déclenchent une montée de vapeur furieuse au flanc de la montagne, une colonne de sale fumée rousse se terminant en un nuage qui obscurcit pour un temps le soleil, boule orange derrière un rideau de suie tourbillonnante.

Puis le ronflement des moteurs revient, les libellules de fer foncent vers nous, de plus en plus grosses dans mes jumelles, droit vers le réservoir, droit vers moi, avec leurs sacs dégoulinants, leurs énormes fruits de sorbier exotiques vidés et pendouillants. Le rythme de leur bruit de pales se confond avec le calcul maniaque des syllabes dans ma tête. Ta-tàp, tap-tàp, tap-tàp.

Donne à mon désespoir. Cadence et poésie.

Que mon malheur au moins. Sonne dans l'harmonie.

Une certaine nuit, des heures après que le ballet des hélicos se fut arrêté comme de coutume parce que les sorties nocturnes sont trop dangereuses... Nous parlons maintenant de l'année de Grands Incendies du Cap, l'année de mon Élégante Fuite en Avant, l'année aussi des Folles Rumeurs de l'Eau : pour la première fois de mémoire d'homme le fond du réservoir menaçait d'être à sec, brûlant sous le cagnard africain, asséché dans le vent infernal du Cap, ce terrible « Suid-Ooster » qui fouette sous l'action de la chaleur d'été tropicale et des deux océans qui enserrent la ville, l'un tiède, l'autre glacial, l'Indien et l'Atlantique... Or donc, cette nuit-là il soufflait furieusement, le Suid-Ooster, ridiculisant sa bonne réputation de « Cape Doctor », il martyrisait les toits ondulés et les palmiers oscillants, il arrachait les fleurs de bougainvillier et faisait sauter les câbles électriques comme les amarres d'un pétrolier à la dérive, il hurlait plus que mistral et sirocco ensemble et, comme il n'était plus gêné par les hélicoptères, il avait allumé des feux sur quatre montagnes à la fois, le Duivelspiek, la Tafelberg, le Leeuwenkop et le Signaalheuvel, les quatre qui forment la cuvette dans laquelle sont bâtis les vieux quartiers vulnérables de la ville.

J'étais encore assis sur ma terrasse, mes pieds ne reposaient plus sur la balustrade, mais je regardais les alentours, effaré et anxieux, l'obscurité qui s'éclaircissait de rougeurs, de cicatrices toujours plus sanglantes, dans la chaleur pesante, l'air agressivement épais et torride, la puanteur de soufre, le rire démoniaque du Suid-Ooster, les explosions de troncs d'arbres qui flambaient au loin. J'étais de plus enfermé, comme tout le monde, comme la ville elle-même. Un peu plus loin dans notre rue, *twelve blocks up*, stationnaient des voitures de pompiers avec des gyrophares. L'avancée du feu était combattue là avec des lances conventionnelles, bataille lentement perdue car un peu plus haut deux maisons étaient en flammes, des habitants traînaient leur mobilier dans la rue et là-bas au loin, sur tout le flanc de la Tafelberg, du haut en bas, courait une effroyable blessure de plusieurs centaines de mètres de long, emplie de charbon de bois rougeoyant comme de la lave. Je ne pouvais détacher mes yeux, l'obscénité du feu est impitoyable, terrifiante, attirante.

Et en même temps, un martèlement et un beuglement dans mon cerveau : pas écrit, pas écrit. Même ici.

« Le monde est gigantesque, / et partout cependant
Je demeure le même… »

Rentré dans notre Continent Usé, la pièce en alexandrins terminée, les répétitions et la première passées, ayant ainsi épuisé le dernier faux-fuyant, l'ultime échappatoire, j'entamai enfin, Dieu soit loué, mon chant imprécatoire sur son amer destin. Je m'y mis même avec opiniâtreté et c'était bien en train.

C'est alors que mon père mourut.

Et je fus de nouveau bloqué.

Pas par sa mort en elle-même. Elle fut triste mais aussi, je n'hésite pas à le dire, belle. Après les horreurs qu'elle avait dû endurer et qu'il avait été condamné à vivre en spectateur impuissant, témoin principal de sa lente déchéance, définitivement exclu d'une existence qui avait été le fondement de la sienne propre, après ces épreuves il put s'en aller comme il l'avait souhaité. Et d'abord, pas longtemps après elle.

Et vite. Parti en deux semaines.

Et pas dans l'hôpital *clean* et lugubre où elle avait dû mourir, mais dans la chambre familière de la maison de retraite où il s'était installé.

Sans douleur, dopé à la morphine, sombrant dans des périodes de plus en plus longues de sommeil et ensuite de coma, entouré par les proches qui montaient la garde en alternance auprès de son lit. Ils le veillaient comme il convient, avec sur la table un thermos de café et un plat de petits pains fourrés, ainsi qu'une bouteille de genièvre au citron de Wortegem, son apéritif et pousse-café favori, qui était en somme un réconfort miséricordieux durant ces nuits étrangement hors du temps dans la chambre, guère plus grande qu'une chambrette d'étudiant, où se meurt quelqu'un dont les yeux vous ont vu naître et qui est sur le point de les fermer définitivement. Son téléviseur resta allumé tout ce temps-là, du matin au soir et du soir au matin, comme il l'avait toujours fait, émettant un murmure plus infini que celui d'un ruisseau de l'Ancien Testament. Ce n'est vers la fin qu'on put couper le son. C'est ainsi que mon père sombra paisiblement, tandis que des matches de football se gagnaient et se perdaient en silence, que des crises mondiales étaient maîtrisées et redémarraient sans un bruit. Elles jetaient sur lui avec compassion leurs ombres tremblotantes.

J'allais presque oublier le plus important. Il était entouré de toutes les photos d'elle qu'il avait emportées en quittant son appartement. L'une d'elles est celle où elle porte le grand chapeau. Lorsque j'étais tombé dessus en jouant les arbitres de succession, elle s'était retrouvée parmi une foule d'autres dans une vieille boîte à biscuits dont le couvercle nu en fer blanc était gonflé par l'entassement de toutes ces photos. Elle était éraflée et pas plus grande qu'une photo d'identité. Je l'ai retrouvée plus tard, agrandie et encadrée sur la petite table de salon ronde de mon père, celle qui avait un plateau de verre posée sur un tressage d'osier, l'un des rares meubles qui l'avaient accompagné vers cette chambre dans son avant-dernier voyage. Très souvent, une petite veilleuse brûlait à côté de la photo.

Cette chambre était bientôt devenue une châsse plutôt qu'un logement, le lieu sacré du souvenir, où l'on priait chaque jour sans prière une déesse aux nombreux visages. Sur chaque armoire, sur chaque petite table trônait l'une ou l'autre photo d'elle. Au-dessus du lit, il en pendait trois.

L'une d'elle était une image grotesque, du moins pour ceux qui ne connaissaient pas le contexte. Ma mère, qui était déjà depuis longtemps à la retraite, s'y trouve attifée en Mae West. C'était l'une des formes préférées de cette congrégation religieuse qui ne comprenait qu'un fidèle, cette église locale d'une personne qui compensait la modestie du nombre par l'ardeur de la dévotion. Chaque matin et chaque soir, il faisait son modeste pèlerinage, traînant les pieds en rond autour de sa table à manger, de l'armoire à la table de salon, du lit à l'armoire, attentif aux traîtreux plis et coins de tapis, il souhaitait longuement le bonjour ou la bonne nuit à chacune des images photographiques. À l'apéritif, il levait son verre tantôt vers l'une, tantôt vers l'autre, en prenant soin de ne pas marquer de préférence pour une photo en particulier. Il les chérissait toutes autant qu'elles étaient.

Cependant, il trinquait un peu plus souvent devant la photo de sainte séculière au-dessus de son lit qui montrait son idole paradant en robe de soirée brillante, bleu outremer, Mae West toute crachée, y compris les escarpins noirs à talons ultra-hauts, la perruque platinée, un rouge à lèvres trop criard et des faux cils aussi grands que des ailes de papillon. En chaise roulante, mais pas encore attachée, se propulsant même avec brio et, à en croire l'expression du visage, ne doutant pas une seconde du succès de son *acte de présence**. C'était un souvenir de l'un des rôles les plus chers à son cœur, dans une pièce, il faut le noter, qui parlait de démence sénile. C'était l'une de ses rares prestations professionnelles ; le Théâtre Royal Flamand de Bruxelles avait offert à ma mère, à un âge déjà avancé, une sorte de renaissance sous la forme d'une femme qu'elle avait tellement admirée durant toute sa vie. (« Une chose était vraiment dommage, c'était son langage vulgaire. [Elle, avec un vilain froncement de sourcils] On l'a même mise au trou pour ça, « Mie Worst », Marie Saucisse, comme nous l'appelions dans notre jeunesse. Heureusement, on ne m'a jamais appelée comme ça. Il faut savoir se moquer de soi-même, mais Marie Saucisse, même une bouchère ne prendrait pas ça pour un compliment ! »)

Sa femme, dont la présence constante rayonnait en Ange Bleu au-dessus de son lit, resplendissait en icône hollywoodienne bien conservée, elle triomphait dans sa chaise roulante, trop maquillée mais encore sans la trace d'une douleur, avec un regard perçant non encore atteint par l'hébétude. Au contraire, elle semblait prête à démarrer en fanfare un de ses impeccables monologues, qui tiendrait le public en haleine. C'était l'une des dernières images d'elle que mon père enregistrait, dans les moments de plus en plus courts où il parvenait à jeter un regard vague sur ce monde d'où il s'échappait lentement, un regard qui devenait un peu moins clair à chaque fois. Noyé heureux qui sort encore la tête de temps à autre au milieu d'une mer déserte, il voit que tout est bien et il se laisse à nouveau glisser sous l'eau, il s'affaiblit béatement, rassuré, sans se plaindre, satisfait et avec même un sourire : regardez là, elle est là au mur, ma Josée. Elle n'est pas fabuleuse ? Prête à tout, protectrice, rayonnante.

Allons, viens, papa. Vas-y. Nous savons ce que tu veux. Jette un dernier regard. Lève encore une fois ta tête fatiguée. Sors-la de cette mer calme et plate de draps de lit. Ne te gêne pas. S'il y en a qui lisent ceci et qui se sentent gênés à ta place, gênés pour toi, pour moi, pour elle, qu'ils passent cette page. Qu'ils arrêtent tout à fait leur lecture. Ils ne te méritent pas.

Allons, viens. Une seule petite fois. Regarde la photo que tu as si souvent célébrée quand tu étais encore bien éveillé, que tu as vantée devant l'homme à tout faire, devant la religieuse fidèle de ton étage – quel est encore son nom ? – devant tous les visiteurs, l'un après l'autre et chaque fois que tu les voyais, exactement comme tu répétais cent fois la même blague dans ton magasin, le même cancan à chaque nouveau client qui entrait, et de même le jour suivant. Ici, dans ta chambre, tu disais en montrant l'endroit au-dessus de ton lit : « Vous avez déjà vu d'aussi belles jambes ? D'accord, elles sont un peu courtes, Mais pour le reste ? Et elle avait déjà septante-sept ans ! »

Une seule petite fois. Fais-le.
Allez, vas-y.

Jamais je n'ai rencontré quelqu'un qui fut aussi prêt que mon père pour le round final. Lucide, presque avide. Une semaine avant sa mort, j'ai parcouru avec son médecin et lui-même, en présence de son gendre et de son petit-fils qui était aussi son infirmier, la liste officielle de questions précédant l'accompagnement légal en fin de vie que mon pays natal désigne du terme lénifiant de « soins palliatifs ». Un état de droit avec un fort taux de suicides veut être sûr que les nouveaux mourants désirent vraiment mourir. Ils doivent le répéter tellement souvent que certains mourants commencent à se sentir coupable de leur envie de mourir. Ce qui est peut-être le but de certains survivants.

Je ne vais pas recommencer à m'énerver là-dessus. Je ne veux me montrer ni sarcastique ni désespéré. C'est finalement pour les survivants que la mort est la plus difficile. Je ne vais donc pas radoter ici sur le sens ou l'absurdité de l'interrogatoire obligatoire des demi-morts, inspiré par la méfiance bureaucratique et imposé par des religions gangrenées sans âme et sans avenir. Je ne me trouve pas dans la position de faire la leçon à qui que ce soit à propos de névroses ou d'extravagances provoquées par la mort d'un autre. Chacun ses pathologies. Chacun son au-delà. Et le deuil pour tout le monde.

Face à son départ, mon père ne se sentait certes pas coupable. Il avait l'air soulagé. Blaguant comme le garnement de quatorze ans qu'il était resté toute sa vie, consolant comme le conciliateur qu'il avait été depuis sa jeunesse, toujours prêt à apaiser les choses en douce, un abatteur de bétail, donc un tueur, mais qui voulait faciliter l'existence de tous les autres, qui prenait sur lui le maximum de charges chaque fois qu'il en avait l'occasion. Maintenant encore, prêt à basculer dans la mort, sa première préoccupation était d'éviter qu'on élève la voix et qu'on verse dans les lamentations. Il adorait taquiner et aussi être taquiné, c'était un polisson de quatre-vingt-huit ans, je ne puis le décrire autrement. Un éternel chenapan qui fut chauve dès avant la quarantaine et qui lutta en permanence contre l'excès de poids, car la vie, hormis le travail et la fabrication d'enfants, consiste à manger à plaisir et, par ailleurs, il n'y a que les fous qui refusent un bon verre, que ce soit de la bière, du vin ou un vieux genièvre.

Il n'était pas un père qu'on doive combattre. Pas un patriarche à assassiner, symboliquement ou avec une vraie hache.

Sa bouille ronde et malicieuse de jadis avait considérablement maigri en quelques mois et il devait constamment remonter sa ceinture, « sinon mon pantalon me tombe des fesses ». Son cancer de la prostate avait fait des métastases, était devenu un cancer des os, qui attaquait et dissolvait la moitié de son squelette et diffusait du calcium qui gâchait son sang et son appétit. Cela provoque des choses dans l'estomac et les intestins, ne me demandez pas quoi, je ne veux pas le savoir. On lui administrait du liquide et du sucre par perfusion, via un petit sac en plastique transparent suspendu à un porte-manteau ambulant, car, presque d'un jour à l'autre, il était devenu incapable de manger ou boire, tout ce qu'il avalait, il le vomissait aussitôt dans le petit bassin spécial en carton. Il y a des gens qui inventent ça, des héros modernes, de vrais héros, un petit bassin à vomir incassable en gros carton gris, facile à porter à la bouche grâce à sa forme : un rein creux coupé en deux dans le sens de la longueur et tellement plus rassurant et pas aussi froid et menaçant que l'émail ou l'acier inox qui vous feraient inévitablement penser à une coupe de poison.

Dans la liste administrative, il y avait des items auxquelles mon père répondait à côté de la question, mais d'autant plus souriant, avec le geste de creuser : « On fait un petit trou. Pas chichis. Pas de frais à la maison mortuaire. » Et à une autre question : « Une petite piqûre. Vite fait. Pas de tralala. » Avec un large sourire et un clin d'œil.

Lorsque je le repris prudemment, demandant sérieusement une vraie réponse, il me regarda de bas en haut, le menton sur la poitrine, jouant la déception en faisant de grands yeux étonnés. Il se mit même à cligner les paupières, avec ses braves yeux de Bambi, et moqueur : « Tu vas pas commencer à blààáguer ? Tu sais très bien ce que je veux. Tu n'as qu'à l'écrire. Ou alors retourne dans ton foutu Anvers. » Toujours ces deux mêmes mots, blaguer et Anvers, *zwàààànzen* et *Aààäntwàààärpen*, prononcés avec un accent anversois exagéré en étirant les voyelles, d'une voix de fausset, presque féminine, enfantine en tout cas.

Comme un coup de couteau dans mon âme. En un clin d'œil je pris conscience de la petite atrocité : il était en train de faire l'acteur amateur, là, sous mon nez, face à sa mort. C'est une maladie contagieuse, ce jeu d'acteur, cette manipulation, cette fuite. Non seulement à l'intérieur de ma famille et dans mon écrivasserie. Elle infecte même cet asile de vieillards avec ses règles compréhensibles mais strictes, avec les commérages prudents du personnel, avec son silencieux complot vieux-catholique : chacun sait bien qu'une surdose de morphine est en route pour la chambre 218 et chacun fait poliment semblant, fait comme si de rien n'était, hormis le cours normal des choses. Les visages lisses et les petits mensonges pour le bien de tous, l'« entre nous », la compassion et l'hypocrisie, la lâcheté silencieuse et la silencieuse pitié. Notre impuissance totale, face à face avec le mystère de la vie.

Tout ce pays fait du théâtre, ce trou du cul de l'Europe et le peuple entier qui y barbote : c'est une colonie pleine de comédiens, ça se grime à qui mieux mieux, car c'est incapable d'établir un contact vrai, ça se dissimule dans les feux de la rampe de l'apparence, dans les notes de restaurants chers, dans le caquetage obligé sur la météo, les embouteillages et les crottes du chien du voisin. Tout le monde joue et en fait des tonnes dans la politique et dans le monde des courses cyclistes mais, concernant son vrai moi, personne n'a encore reçu le texte complet du rôle, pas même moi, nous restons encore et toujours des ploucs engoncés dans un costume trop chic, ne possédant d'autre réplique que le juron paysan ou le silence lourd de sens ou la face rouge de honte. Et si cela ne suffit pas, nous improvisons subito une plaisanterie plate, nous usons de l'esquive d'une blague salace, d'un accent comique, d'une voix de fausset. Nous restons les inspirateurs d'une farce médiévale, *La Sottie de Maintenant Encore.* De petits personnages types là où on attend des hommes.

Un instant, une fraction de seconde, en parlant avec mon père de sa mort proche, j'ai été pris d'une colère irraisonnée et profondément triste, contre lui, contre tout ce qu'il aimait, parce qu'il ne serait plus en vie la semaine suivante. Je ne sais s'il l'a remarqué, mais il est redevenu lui-même, ce qui était déjà assez fou. À une autre question sérieuse de son médecin (« Voulez-vous être réanimé si vous avez une attaque cardiaque ? »), il répondit : « Monsieur le docteur, à votre place je ne commencerais pas ça. Vous savez bien où j'en suis, non ? Je suis foutu, je l'ai dans le baba. »

Et là-dessus, véridique et désarmant, redevenu l'éternel ado, il se mit à glousser. Ses épaules, si amaigries, riaient aussi, elles suivaient la cadence du gloussement, « hu-hu-hu ». Littéralement ainsi, désolé si ça a l'air idiot ou si ça ne fait pas bien sur votre page : « Hu-hu-hu ». Une main devant sa petite bouche en cul-de-poule, comme s'il venait de prononcer une polissonnerie, quelque chose qui passait tout juste les bornes de la bienséance. « Dans le baba, hu-hu-hu ! »

Un enfant de chœur qui lâche un petit pet dans la sacristie.

Ce fut son dernier numéro à succès, sa plaisante oraison jaculatoire, son dernier gros mot charmant pour rassurer ceux dont il prenait congé en leur arrachant un sourire doux-amer. « Dans le baba, hu-hu-hu ! »

À la directrice, au kinésithérapeute, à la nettoyeuse au nom marocain, à la brave vieille nonne pieuse dont j'ai oublié le nom : « Dans le baba, hu-hu-hu ! »

Il regarde d'abord d'un air stupéfait sa petite-fille et sa bru, venues de Hollande pour un dernier adieu, un bouquet de fleurs à la main – il vient tout juste d'émerger de sa mer d'oubli, il ne les reconnaît pas, il jette d'abord un coup d'œil à la photo au-dessus du lit, à sa Josée triomphante, puis se tourne de nouveau vers elles et soudain une lueur s'allume en lui, le charmeur grisonnant : « Hé bien ! Vous avez bonne mine, toutes les deux ! Très bonne mine. Mais il faut remporter vos fleurs à la maison, elles vont se faner ici, qui sait combien de temps encore. Non, il faut les remporter. Il le faut ! »

Puis, en recevant le baiser d'adieu, sortant à demi la tête de la vague qui veut le submerger, les lèvres embrassant le vide, sa joue déjà trop fraîche contre la leur, il chuchote, même pas malheureux : « Je l'ai dans le baba. Hu-hu-hu. Mais vous avez très bonne mine, toutes les deux. Pas moi. Foutu, dans le baba. Hu-hu-hu. »

Un boucher bouddhiste de quatorze ans, avec un fou rire et encore cent vingt-quatre heures à vivre.

Une année avant son décès, il découvrit dans un coin de son journal... Il le lisait, il le déchiffrait chaque jour d'un bout à l'autre, la loupe à la main, car jamais personne n'avait pu le convaincre de porter des lunettes pour lire, il avait déjà tant de mal avec son appareil auditif et son dentier. Même dans l'effort de concentration que lui coûtait sa lecture, il prenait quelquefois le temps, fût-ce à sept heures moins le quart du matin, de jeter un coup d'œil à son écran de télévision, pour la répétition d'un de ses *soaps* favoris ou pour le cinquième résumé d'un match de tennis de Justine Henin, sa petite héroïne – lorsque Juju, une fois de plus, après un horrible et angoissant premier set, était sur le point de gagner le match, comme il l'avait bien pensé et su depuis le début, il me téléphonait, au creux de la journée ou en pleine nuit, que je séjourne au Cap, à Hong-Kong ou à Zwolle, il m'appelait : « Vite, vite ! Allume ta télé ! Elle va gagner ! Elle va gagner ! » et il raccrochait aussitôt, afin de ne rien manquer de la gloire de sa Petite Justine. Le jour où elle annonça qu'elle arrêtait le tennis professionnel fut un jour noir, il me téléphona une fois encore, luttant cette fois contre ses larmes : « Elle arrête, elle n'en peut plus, toute cette compétition, tout ce stress, exactement comme Eddy Merckx dans le temps, elle a bien raison, la pauvre, mais c'est quand même dommage. » Une année avant son décès, donc, il découvrit dans son journal une nouvelle que j'avais voulu lui cacher.

Mon portable sonna.

« Mais qu'est-ce que je lis ! Tu vas écrire un livre sur ta mère ?

— Qui a dit ça ?

— C'est sur ma gazette.

— Il ne faut pas croire tout ce qu'on raconte dans les journaux.

— Alors c'est pas vrai ? Tu ne veux pas ou quoi ?

— Ce n'est pas une question de vouloir ou de ne pas vouloir. Il faut encore que ça se fasse.

— Mais si ça ne se fait pas, pourquoi c'est dans ma gazette ?
— C'est comme ça que ça se passe, ces choses-là doivent être annoncées longtemps à l'avance.
— Donc c'est bien vrai ?
— C'est un projet, papa. Un projet peut prendre des années.
— C'est pas ce qui est mis sur ma gazette.
— C'est moi qui le sais, non ? C'est moi qui dois l'écrire.
— Je trouve ça beau, ce livre sur ta mère.
— Comment le sais-tu ? Je dois encore l'écrire.
— Rien que l'idée ! Un gros livre sur ta mère.
— Je dois encore l'écrire !
— Et il sera fini quand ? »

Dès ce moment, et je parle ici de longtemps avant la Saison en Enfer des Grands Incendies du Cap, dès que j'entrais dans sa chambre de la maison de retraite ou dans le café-restaurant de mon neveu où il m'attendait, partout où il m'apercevait, sa première phrase était : « Ça avance, ton livre ? » C'était aussi sa première phrase au téléphone, que je fusse au Cap, à Hong-Kong ou à Zwolle.

La première fois, je fus ému. Les cinq fois suivantes, j'ai éclaté de rire. Ensuite, j'étais de plus en plus irrité, de plus en plus désespéré, je redoutais chaque fois sa question qui sonnait de plus en plus comme un reproche. « Ça avance, ton livre ? » Une inculpation pour négligence coupable. L'accusation devenait petit à petit un jugement en série. L'arrêt tenait en quatre mots : « Ça avance, ton livre ? »

Je savais à l'avance que la sentence serait de nouveau rendue, aussi impitoyable qu'auparavant, dès que je me retrouverais face à face avec mon doux bourreau momentanément triste, contre qui je ne pouvais même pas me mettre en colère. Existe-t-il un autre trac que celui des planches, le trac en famille ? Avant chaque visite, chaque coup de téléphone, j'étais en proie à un vertige familial, à cause de l'abîme qu'il y avait entre ses attentes et mes nerfs, en haute tension des deux côtés. À nouveau, toutes sortes de petites bêtes se mirent à me ronger l'intérieur de l'estomac. Et quand enfin j'obtins, après moult supplications, conjurations et promesses, qu'il ne commence plus nos conversations par « Ça avance, ton livre ? », il débutait par « Je sais que je ne peux pas te le demander mais… ça avance, ton livre ? » Ce n'était ni mauvaise volonté ni désir de m'embêter, non, c'était plus fort que lui. Et il en souffrait même plus que moi.

Son regard, d'habitude si espiègle, qui tentait d'assurer au monde extérieur qu'en somme tout n'allait pas si mal pour lui – « La vie continue, il faut faire avec » – et le clin d'œil si familier par lequel il faisait comprendre à Pierre, Paul et Jacques que, les tristes circonstances étant ce qu'elles étaient, il ne pouvait être mieux que là, dans cette maison de retraite réputée la meilleure de la ville, avec ses vastes parkings, avec ses infirmières super et ses jeunes stagiaires – « Alors, pour la bouffe, c'est incroyable ici, si la saison des moules commence, on reçoit des moules cette semaine-là, si c'est la saison des *maatjes*, on a des *maatjes* » – ce regard coquin et ce clin d'œil rassurant disparaissaient dès qu'il m'apercevait. Le souvenir d'un minuscule entrefilet dans un tout petit coin de son journal remontait irrésistiblement, une flèche à travers sa cuirasse, et le bourreau regardait de nouveau son accusé avec douleur, avide, momentanément brisé et même les yeux humides : « Je sais que je ne peux pas te demander ça, mon garçon, mais ton livre, ça avance ? »

Il comptait sur moi, il comptait sur rien moins qu'une petite réincarnation. La renaissance de sa Josée, telle qu'elle avait été au cours de toutes ces années, sur les planches et hors de scène. Elle m'avait mis au monde ? Je devais faire la même chose pour elle. Au moins pour lui, et même pour le monde entier. De la même manière qu'elle s'était détruite lentement devant lui, démantibulée, effilochée, perdue petit morceau par petit morceau, lui échappant mot après mot, moi je devais la reconstruire, phrase après phrase, page après page. Compenser par la langue la perte de la langue. C'est cela que j'entendais dans sa parole à lui, dans sa condamnation en quatre syllabes prononcées avec un regard où se concentrait fugitivement tout ce que l'humanité entière pouvait avoir comme sentiment de manque.

Tout de suite après, en un clin d'œil, son visage s'éclairait et il reprenait le cours de ses affirmations de bonheur personnel. Joyeux, monomane, enthousiaste, comme s'il devait non seulement convaincre le monde entier, mais surtout lui-même. Mantra pour un homme seul : « vraiment vrai », il ne pouvait nulle part être mieux qu'ici dans cette chambre trop grande, « en réalité pour deux personnes », avec une vue sur la verdure et même sur une fontaine, et avec tout cet excellent personnel autour de lui, on lui faisait même des massages maintenant pour sa hanche douloureuse et son dos malade, mais son kiné était un homme, « un brave garçon, il connaît bien son métier et il y a moyen de rire avec lui, oui mais, une main de femme, c'est tout de même autre chose. »

Sur quoi il concluait avec un raisonnement en béton de fabrication personnelle, une logique de boucher qui associait les mains de thérapeute à la viande et les massages de dos à la nourriture : « Et quand commence la saison de la chasse, on mange de la perdrix ou du lapin. Avec des pommes étuvées, plein d'airelles, un chicon caramélisé au beurre de ferme et de vraies croquettes de pommes de terre. » Il disait cela d'un air rêveur. En se léchant les babines. En se versant un petit genièvre de Wortegem, premier apéritif du jour. Et avant de boire, regardant dans le vide, dans la direction de l'une des photos : « Santé, ma petite femme. » Sans plus dire un mot de mon bouquin.

Jusqu'à ma prochaine visite.

Il n'a jamais lu la moindre lettre de ce que vous lisez en ce moment. Il est mort et ce que j'avais écrit jusque-là, je l'ai jeté peu après son incinération, peu après que les cendres contenues dans son urne ont été éparpillées sur la même prairie, à peu près sur les deux mêmes mètres carrés où ses cendres à elle avaient été dispersées deux ans auparavant.

Enfin réunis.

J'ai effacé tout ce que j'avais écrit, radicalement et rituellement, définitivement *deleted*, au cours d'une nuit de réflexion et de profonde mélancolie, après avoir contemplé pendant des heures l'écran de mon ordinateur comme un miroir, jusqu'à ce que je ne puisse plus en supporter la vue. *Delete.* Délétère. Le Léthé.

J'ai recommencé le même jour à écrire ceci, ce roman qui ne peut en devenir un, pas de la Littérature mais pas de la gnognote, une Bible améliorée et un antilivre en un seul et même volume. Reparti de zéro, d'humeur rageuse, regardant carrément en face le miroir numérique sur lequel ces mots apparaissent docilement tandis que mes doigts les tapent. Et ceux-ci aussi, et ceux-ci encore. Je les tape courageusement mais honteux de tant d'heures perdues, de tant de lâcheté. Gêné par mon attitude de fuite vers d'autres projets, d'autres lieux, d'autres mots qui n'étaient pas indispensables. Et vous le voyez, même à présent que le boulot a bien redémarré, je me suis senti obligé de parler pendant des pages de choses tellement éloignées de l'essentiel, donc de fuir encore. Qu'il en soit ainsi. C'est une vérité grosse comme une maison. Même en recommençant de zéro, j'ai de nouveau eu besoin de manœuvres dilatoires, de feintes épiques sur un millimètre carré, de cortèges volants pleins de monstres et de mastodontes, de Marie Dorée et de Napoléon, de ballons à air chaud et d'hélicoptères du Cap. Une caravane d'anecdotes brinquebalantes et de petites douleurs criardes. Un défilé de vieilles connaissances, enrobées de *couleur locale** et parfumées de *sweet memories.* Une armée qui doit venir à mon secours, composée de faits héroïques et de cantinières consolatrices – Marie Saucisse, une pieuse nonne, Justine Henin – dans l'espoir qu'elle fournisse au récent orphelin un point d'appui de substitution, l'inspiration et l'aide, à moi qui avais cru n'avoir jamais besoin d'inspiration et d'aide, en tout cas pas de l'extérieur, pour cette liquidation d'amour, ce règlement de compte affectueux. C'était un travail d'écriture dont j'avais pensé, dans mon outrecuidance, qu'il nécessiterait à peine un écrivain. Il se composerait de lui-même, par l'énergie de son noyau.

Eh bien non. Le cocon ne craque pas aussi facilement. La pudeur est là, encore et toujours, pas du tout atténuée. Et cela, je ne m'en excuserai pas. La pudeur est l'une des données, peut-être même le thème central. Tout ce que je peux espérer est que les colonnes de mes démons et gnomes, de mes souvenirs et blessures, avancent en une spirale qui cherche son centre et que toute cette procession pathétique trouve son axe et enfin s'arrête – et pourquoi pas maintenant, dans deux ou trois lignes ? Dans le calme angoissant de l'œil du cyclone qu'elle a elle-même enfanté.

Et en effet. La poussière retombe. Et voilà le clou, la quintessence, la révélation. Stupéfiante et simple dans sa sécheresse. Ce livre est également, inévitablement, le récit de ce livre, qui ne voulait pas se laisser écrire tant qu'un père était encore vivant.

Il ne s'agit pas d'une angoisse d'échec face à lui. La peur de ne pas réussir la mission qu'il me fixait, celle de réveiller ma mère d'entre les morts avec mes mots. Non, lui justement n'aurait jamais désavoué mon travail de Lazare littéraire. Il aurait accueilli sans critique chaque tentative, même ratée ou médiocre, il y aurait vu un éclatant miracle, il l'aurait chantée comme l'une des merveilles du monde. Encore plus que pour mes autres titres, il aurait réservé des exemplaires chez le libraire local, quelques douzaines en tout (« Je peux bien faire une fleur à cet homme, entre commerçants ? »), en emballage cadeau, et il les aurait distribués sans vergogne et malgré mes protestations véhémentes à la totalité du personnel, contre toutes les règles de la maison, en échange d'un baiser pour les dames et d'un apéro partagé avec les bonshommes.

Angoisse d'échec ? La vraie raison est plus cruelle. Je l'écris ici avec dépit et même avec répugnance. Voyez, les mots froids apparaissent sur mon écran et sur votre page : la mort de mon père était nécessaire, dans la réalité et sur le papier, pour que je puisse commencer vraiment. La vie de ma mère ne pouvait se décrire sans la sienne et inversement. C'est ainsi que ça se passe avec ces foutues amours éternelles, ces vies inséparables d'un temps révolu. Ils étaient fiers de dire que chacun d'eux n'avait même jamais échangé un baiser sur la bouche avec quelqu'un d'autre, et je n'ai jamais rencontré personne qui ait dit le contraire ou même qui en ait douté.

Avant que naisse le livre qu'il attendait si passionnément, il fallait qu'il la suive. Sa fin était l'un des chaînons de ce qu'il aurait lui-même aimé lire et partager, avec des baisers et des apéros en échange. « À ta santé, ma petite femme ! »

Tant chez les connaisseurs que chez les non-initiés persiste opiniâtrement le malentendu selon lequel écrire signifierait « conserver ». Fixer ce qui a existé, tel que cela a existé. Il est évident que c'est exactement le contraire. Écrire, c'est détruire, faute de mieux. C'est seulement après cela et à cause de cela que ce que vous écrivez devient du passé. La littérature consiste à lâcher prise. Écrire, c'est chasser de son souvenir.

Allons-y, donc. Prenons congé. Faisons une croix bien grosse et bien épaisse là-dessus, même si nous la traçons avec tendresse. Une croix sur elle, sur lui. Leur quartier, leur époque, leur existence. Les grands tableaux d'un coin de petite ville et d'une famille nombreuse, dans une maison d'angle sans jardin, un magasin dont la porte ne cessait de sonner – ma chambre était juste au-dessus et, pendant bien des cauchemars du matin, j'essayais notre trancheuse à jambon sur les doigts des clients les plus matinaux, ces sadiques anonymes ne se doutant de rien, semeurs de terreur quotidienne, qui nous pourchassaient et contrôlaient de l'aurore au soir avec leur sonnette infernale.

Une croix sur tous les clients, les crocs à viande et cette trancheuse. Je passe au hachoir toute la zoologie humaine de ma jeunesse, dans laquelle l'animal le plus remarquable porte mon nom, mes lunettes et mes défauts, mes cicatrices et mon zézaiement. C'est à ce prix seulement qu'elle, La Josée, deviendra ce qu'elle a toujours voulu être. Plus grande qu'elle-même, *larger than life.* Car de même que je ne peux rien raconter d'elle sans m'étendre sur lui, je ne peux écrire sur eux deux sans m'étendre sur tout ce sacré petit monde que j'ai connu et sur lequel elle a régné des années durant. Et malgré tout, enfin face à face avec ce royaume féminin, je ne puis m'empêcher de traînailler et de lambiner une dernière fois.

Pourquoi moi ?

Pourquoi ? Parce que, point barre. Ça suffit maintenant. Hache et tranche, dénude chaque petit os, commence. N'importe où. Mais commence.

Décris par exemple, en grimaçant un sourire, ta terreur en ce moment-ci, ta panique de vendeur de littérature patenté à la clientèle fidèle. Enfonce une lame dans cet homme de métier que si souvent tu prétends être et écoute complaisamment le soupir qui s'échappe de la blessure comme un sale vent désespéré : « Bon sang de bon Dieu ! J'ai commencé par la fin ! La mort du père aurait dû se situer tout à la fin ! Pour plus de symétrie et davantage de délectation morose ! »

Éclate de rire en pensant à la palette et aux pinceaux du peintre de phrases professionnel que tu crois être, le chat à neuf queues dont la pute littéraire se fouette pour arriver à un produit aérodynamique : ton petit recueil de schémas. La structure de mots repères qui formera un possible, espéré, futur – qui sait ? – chef-d'œuvre. Car cela doit être le but, toujours. À moins de cela nous ne le ferons pas. [Elle, en écho : « Plus est en toi ! »]

Ils sont là, imprimés, à côté de moi, mes schémas. Selon les estimations faites de longue date, à cet endroit-ci, page 65, j'aurais dû en avoir terminé depuis longtemps avec la description de notre ancienne propriétaire. Dikke Liza, la Grosse Liza, était son nom, avarice et caprices la base de sa réputation.

Il y a aussi Notre Bossu Laborieux, que j'aurais dû décrire depuis belle lurette. Il habitait à deux pas, « derrière le coin » comme on dit chez nous. Un homme solide et sec, qui regardait autour de lui d'un air furtif et qui portait haut sur le dos comme une boîte à chaussures de chair et de vertèbres. Mais il était également l'heureux père d'une ribambelle de moutards que nous appelions, avec la cruauté propre à notre âge, « les Bobosses ». Bobosse 1, Bobosse 2, Bobosse 3…

Willy le Cordonnier également, j'aurais déjà dû le décrire de long en large. Sa boutique se trouvait une demi-rue plus loin et lui aussi était affligé d'une bosse, ce qui dès mon jeune âge m'a renforcé dans la conviction qu'au-dessus du Pays de Waes devaient s'être déroulés un jour des essais nucléaires. D'autant plus qu'il était aussi propriétaire d'un solide pied bot qu'il traînait derrière lui en marchant ; sa chaussure s'usait vite, mais comme il pouvait la rapetasser lui-même, ça réduisait les frais. Willy, qui ne possédait pas de descendance, avait les sourcils broussailleux d'un diable, la bouche d'un moine, les yeux bruns d'un cerf blessé et une maison sonore qui sentait perpétuellement la colle et le cuir.

Déchire-les. Tous. Avec joie. Tes schémas, tes notes, tes plans. *Delete, delete,* le Léthé. Tout ce qui compte est là, à tourner dans ta tête, prêt au souvenir. À partir de maintenant, sois seulement à l'affût du moment vif-argent. Du crépitement qui surgira sous ton crâne au moment arbitraire. Cueille l'instant et picore l'impromptu. On verra bien où ça nous mènera, ensemble.

Commence par exemple parce qui aurait dû être le vrai début. Le point de départ d'une saga à la fois familiale et universelle. Un coup frappé par le destin.

La scène se passe dans le petit appartement mentionné plus haut, au-dessus de notre ancienne boucherie. Là où habitait jadis Dikke Liza, où mes parents se sont installés à leur retraite et où moi-même j'allais plus tard devoir rendre un verdict sur le devenir de chacun de leurs objets. Avec cette unité de lieu, le décor semble déjà familier. Des morceaux de puzzle de diverses périodes qui, de façon inattendue et inespérée, se glissent soudain les uns dans les autres. Cela doit être ainsi lorsqu'on joue du jazz. Au milieu d'une soupe tombe brusquement un accord qui vous déchire le cœur, il n'a pas été répété et pourtant il arrive au moment parfait. Composé par un hasard bienveillant.

Accepté avec reconnaissance par le musicien patient.

Ou plutôt non. Puisque nous avons décidé de ne pas tenir compte du plan et de la linéarité. Dévions carrément (de nouveau !) de notre projet. Après tout, ceci est la fin de la première partie. Un point d'orgue ne ferait pas mal. Un petit *tableau vivant*, caractéristique pour la protagoniste, tant qu'elle est encore en vie, en plein bien-être, et qu'elle ne se doute pas de la catastrophe qui va la frapper.

Nous allons la retrouver là où nous l'avons laissée. De nouveau, nous zoomons sur la parcelle sise entre les saules têtards et les canadas, les ruisseaux et les chemins de terre. La petite flottille de ballons a disparu dans les airs, entraînée vers d'autres régions. À présent le firmament est vide, d'un bleu sans tache. Le baldaquin d'une fin d'été généreuse.

Elle est là, à genoux sur le sol, en maillot de bain avec son simple bandeau dans les cheveux, elle farfouille dans son potager, juste à côté de son fameux « bungalow », qui a été édifié sur ses plans et sous sa direction par la famille et les amis qui avaient trop de temps libre et trop peu de résistance contre son chantage moral et amical. (« Tu viendras bien donner un coup de main ? Tous les autres viennent aussi, tu sais. Et après il y aura un barbecue avec des satés et des scampis. » « Mais non ! Ces fondations doivent être plus profondes ! Je le sais bien, quand même ! C'est qui, la fille de l'entrepreneur, toi ou moi ? »)

Elle jardine, concentrée comme toujours, sans lever les yeux. Son Roger fait un petit somme dans un fauteuil au milieu de la pelouse, sous un grand parasol de plastique rouge. Du transistor posé sur la petite table à côté de lui sort de la musique de bel canto, entrecoupée de résultats sportifs et d'informations pour les colombophiles et la batellerie. Il dort sans désemparer.

C'est un dimanche de septembre ensoleillé, dans la seconde moitié du vingtième siècle. Elle doit avoir la soixantaine. Ou cinq ans de plus ou moins, *peu importe**. C'est elle. Recréée seulement par ma langue et pourtant telle qu'en elle-même. Elle recueille sa récolte en creusant de la main nue dans les petits murets faits de ce sable qui rend notre région natale si apte à la culture de l'asperge, et pas à grand-chose d'autre, à part les patates farineuses.

Elle coupe les asperges, maigres et pâles comme les doigts d'un pianiste mort, suivant un rituel établi, impitoyablement tendre, jamais pressée. Elle tâte d'abord dans le sol en enfonçant la main jusqu'au poignet là où une petite fente ou déjà une sorte de petit téton violacé trahit la pousse d'une tige d'asperge, qui attend, blanche comme lait, dans notre terre sombre. Sa main fouille prudemment l'ouverture, elle ferme les yeux pour augmenter la sensibilité de son toucher en éliminant les stimuli visuels. Elle semble d'abord ne pas trouver ce qu'elle cherche. Elle creuse de plus en plus profond. Un instant, on pourrait craindre que son bras entier ne disparaisse dans le trou jusqu'à l'aisselle, comme si la terre était une vache pleine et elle un vétérinaire bonhomme qui, *en passant**, remet quelques organes en place, car l'ordre et le soin sont importants partout, et certainement dans les entrailles de la terre. Mais non, elle attaque déjà au couteau de cuisine, un héritage avec un manche en os et une lame qui à force d'aiguisage est devenue mince comme une feuille de papier et dont le tranchant a pris la forme d'une demi-lune. [Elle, catégorique : « Un de ces jours ce couteau va se casser en deux sur une tige pas plus grosse qu'un doigt d'enfant. »]

Quand elle termine, la sueur coule à grosses gouttes sous son bandeau. Elle l'essuie avec son poignet en se relevant, souillant son visage d'une ombre de sol maigre et de l'odeur douce amère de sa récolte. Celle-ci est étalée à côté d'elle sur un morceau de vieux journal. [elle, tout aussi catégorique : « D'accord, ce sont les premières, encore un peu minces et pleines de fils. Ça durera des années avant qu'elles puissent faire la concurrence à celles de Malines, qui sont les meilleures du monde entier, car il ne faut pas s'en laisser conter par les Hollandais ou les Espagnols, ils peuvent avoir autant de sable qu'ils veulent, mais… Mais ceci, là, regardez. Il y en a déjà assez pour une petite marmite de soupe. Avec un peu de bouillon de poule, du persil frais, une goutte de crème. Il y a des restaurants où on ne trouve pas ça sur la carte. Ou alors c'est du potage en boîte. » Elle, dédaigneuse : « On peut toujours essayer de me mettre en boîte. Mais servir de la soupe en boîte, moi ? Jamais. »]

Ses yeux brillent d'une lueur combative à la pensée que ce soir même elle va faire sa soupe fraîche, qu'elle servira demain midi. Cependant, elle pousse chaque fois un gémissement en se relevant, une main à demi sur la hanche, à demi sur le dos : « Nom d'une pipe, je n'arrive presque plus à me relever. Ce dos, ce dos. Ça fait vingt ans que je devrais être en chaise roulante. Mais si ça continue ainsi, ça ne durera plus longtemps. » Inconsciente de l'amère ironie de cette prédiction.

Son mal n'est pas imaginaire. Depuis sa naissance, sa colonne vertébrale affecte du coccyx aux cervicales une forme en S qui devient pire avec les années. Elle rapetisse plus vite que les autres personnes âgées, elle qui est déjà si petite. Il y a des radios d'elle sur lesquelles une courbe du S s'enroule autour d'un rein tandis que l'autre menace l'omoplate du côté opposé. « Si jamais je dégringole d'une échelle, tout le bazar va péter d'un coup sec. » [Elle, avec une fierté bizarre].

Pour épargner son organisme, elle devrait ne rien soulever et ne pas travailler penchée en avant. « Si j'avais dû écouter ça, il y a des années que je serais clouée au lit, paralysée de la tête aux pieds. Travailler et encore travailler, voilà ce que je dis. [elle, insurgée, rebelle] C'est seulement ainsi que les muscles restent assez solides pour soutenir une ruine, même si ça craque de partout. » Sur quoi, elle se met à genoux pour arracher les mauvaises herbes. Puis, encore à genoux, elle taille tous les rhododendrons, concentrée et intense comme si elle priait.

Elle va même s'agenouiller dans le gazon un peu plus tard, avec une cuiller et un bocal plein de poudre bleue. Le remède que lui a donné le cordonnier bossu n'a pas marché : tu enfonces dans la taupinière une bouteille dont tu as cassé le fond, le goulot vers le haut, et le vent va remplir tout le système de couloirs souterrains d'un sifflement terrifiant. Les sales bêtes sont revenues bousiller sa pelouse. Il faut que ça cesse.

Une fois pour toutes.

Elle gratte et ouvre une première taupinière et y verse précautionneusement une cuillerée de sa poudre bleue. À quelques mètres de là, son Roger se retourne une fois de plus dans son sommeil, soupirant de bien-être, ronflant dans l'ombre de son parasol en plastique. Dimanche après-midi, son seul moment de repos. Le baldaquin reste immensément bleu et la radio crachote son bel canto et ses informations. Le FC Beveren va-t-il être champion cette année ? Rien et tout à la fois. Blablabla, blablabla, blablabla. Pour les colombophiles : à Saint-Quentin brouillard, moins de vingt mètres de visibilité. Je sais que je ne peux pas te demander ça, fiston, mais ça avance, ton livre ? Saint-Quentin : les convoyeurs attendent. Ne plus jamais fuir. Barrage d'Hastière : quinze poutrelles levées. Dans le baba, hu-hu-hu. *Delete*, délétère, le Léthé. Sint-Baafs-Vijve : treize poutrelles baissées. Sur les rives de l'Escaut. Bien cachés dans les roseaux. Allez, vas-y, encore une petite fois. Le baldaquin est bleu. Le monde est gigantesque. / La vie aussi. / Pas nous.

Bon, ça suffit.
Commence.

Elle
(ou : frappée d'aphasie)

Le jour où le destin frappe à la porte, ils regardent la fin du journal télévisé du soir en mangeant une pizza. Elle et lui, Josée et Roger, côte à côte. Un petit verre de rouge pour accompagner ça et aussi une salade verte avec des oignons frais émincés, des rondelles de tomates et du concombre râpé, le tout arrosé d'une simple vinaigrette et saupoudré de persil haché, « car [elle naturellement] ce n'est pas parce qu'on mange seulement une petite pizza qu'il faut oublier les vitamines, et sûrement pas à notre âge, et surtout pas au creux de l'automne, et… Rogééke ! Baisse un peu le son de cette télé. On ne s'entend plus parler ! D'ailleurs ce sont de nouveau les résultats du football. Tu vas bientôt les connaître par cœur. »

Des mots de ce genre.

Les serviettes damassées sont simples mais inusables, les lavages innombrables les ont rendues aussi douces que des pyjamas d'enfant. Les couverts, qui datent de leur mariage, sont de métal argenté, ils ont été récemment nettoyés. Les manches à motifs en volutes brillent comme jamais, « car [elle, militante] ce n'est pas parce qu'on a tous les deux dans les quatre-vingts qu'il faut se négliger. Le style, c'est question de vouloir et continuer à vouloir. L'homme ne doit qu'à lui-même tout ce qui lui arrive de bon ou de mauvais. »

Fidèles à cette devise, ils remplissent ensemble chaque matin la grille de mots croisés de leur quotidien favori, *Het Laatste Nieuws*, pour aiguiser la mémoire et affûter l'esprit. En cas de désaccord, on appelle le gros dictionnaire Van Dale à la rescousse. Pour les séries anglaises et les films français, elle consulte régulièrement ses dictionnaires, qui sont encore écrits dans l'ancienne orthographe. Les couvertures de devant et de derrière ont lâché, elle les a réparées avec du ruban isolant noir piqué à un machiniste de théâtre.

Il faut également fortifier le corps contre l'usure, donc, après les mots croisés, ils se couchent ensemble à côté de la table, sur le tapis persan, pour une série d'abdominaux prudents.

« Combien encore ? » [lui, l'une des rares fois où il rouspète]

[Elle, impassible] « Tais-toi, continue. »

Telle est l'image de leur matinée.

C'est le soir maintenant et ils mangent leur pizza. Comme chaque soir les verres de cristal sont sortis de la vitrine à porcelaines, où les plus belles pièces de leur plus beau service trônent à côté de leurs bibelots les plus précieux sur trois ou quatre étages de tablettes en verre. Un banc de poissons d'ornement dans un aquarium plein d'eau violette, car les deux portes et les deux flancs de la petite armoire étroite et haute sont de vitrail mauve.

Les barrettes de plomb dessinent un quadrillage. Le verre est de la même sorte – avec des ondulations optiques et par-ci par-là une petite bulle décolorée – que celui de la porte qui se trouve juste en face de la petite vitrine et qui donne sur le balcon, du côté de la rue. Oui, bien sûr, balcon est un grand mot. Une petite surface de zinc, deux bacs à plantes, une balustrade de fer forgé en quart de cercle, *c'est tout**. La porte du balcon a exactement les mêmes petits carreaux bordés de plomb, d'exactement la même dimension, que les portes de la petite vitrine. Mystère ou hasard idiot, car la porte devait être placée là avant même que Dikke Liza ne vienne habiter ici, donc longtemps avant que cette fameuse vitrine n'ait été achetée pour servir dans l'appartement du dessous, là où elle et lui ont vécu tant qu'ils tenaient la boucherie. Il y a maintenant près de vingt ans qu'ils ont mis un point final à leur activité. « Vous ne pouvez pas imaginer [elle, elle, elle] comme les années filent vite, alors qu'on n'a rien d'autre à s'occuper que soi-même. Mais comment on a fait dans le temps ? Avec ce magasin ? Et cinq enfants ? C'était une chance qu'au moment même je n'avais pas le temps d'y penser. Et que j'avais mon théâtre. Et ce petit bungalow. Je me serais peut-être laissée aller à tout plaquer là pour aller vivre comme une *clocharde* sous un pont de Paris, j'aurais été délivrée de tout, des moutards et des clients. Attention, je ne me serais pas mal débrouillée comme *clocharde*. Quand on fait quelque chose, il faut le faire bien. Même vagabonder et mendier. »

La France en général ça ne lui plaît pas trop, mais dans le tiroir du haut de tout ce qu'elle aime il y a Paris et son symbole, Édith Piaf. « Quelle vie elle a dû mener, cette petite bonne femme ! Mais cette voix, cette voix ! [Elle, entre dégoût et ravissement] Elle a chanté jusqu'au moment où elle est tombée morte. Ça j'appelle du grand art ! » Il y a un autre emblème français qui trouve grâce à ses yeux. Dans le petit couloir qui mène à leur chambre est suspendue une réplique en plâtre du masque mortuaire de la Noyée Heureuse. Une femme anonyme repêchée un demi-siècle auparavant dans la Seine, aussi morte qu'on peut l'être mais avec un sourire de béatitude, comme une pucelle après sa première satisfaction sexuelle. Dans la génération de ma mère, c'était une image populaire. Il en pend une au mur chez la plupart de ses sœurs et nièces. Une femme, morte ignorée de tous, qui défie dix mille fois la mort sur les murs des appartements flamands. Éternellement souriante, en dépit de la couleur du papier-peint et même du motif à fleurs.

On retourne dans le living, où ils viennent, elle et lui, de glisser une seconde part de pizza dans leur assiette. Seul le vitrail, celui de la vitrine et celui de la porte du balcon, donne au décor une certaine homogénéité. On ne peut en dire autant du reste des accessoires, des meubles surtout. L'éclectisme est à l'honneur, comme partout en Belgique, de l'architecture à la Constitution, de l'ameublement bourgeois à la morale. L'un nommera cela anarchie, l'autre libéralisme, le troisième bric-à-brac.

Dans la porte du balcon, le verre mauve tempère le soleil trop ardent. Dans la petite vitrine il tempère toute lumière, tout simplement. La rumeur veut que l'exposition à trop de clarté soit désastreuse pour la porcelaine des statuettes, des « postures », comme on dit chez nous – surtout pour le biscuit français, terre cuite blanche raffinée, convenant « excessivement bien » au rendu des petits visages languissants, des petites mains avec de fins ongles et des bijoux, et des moindres plis d'une crinoline. Mais c'est « excessivement fragile » parce que cela n'est passé qu'une seule fois au four. « Ça vous étonne ? [elle, méprisante] Vous savez bien comment ils sont, les Français ? Grand genre mais pas doués pour travailler comme il faut. Là-bas ils font même les poussières avec un poil dans la main. C'est pas pour rien que quand un boulot est bâclé, on dit qu'il est fait « à la française », *met de Franse slag* ! »

Celui qui jette un coup d'œil à cette pièce n'aura jamais l'impression que le boulot à moitié fait y soit jamais pratiqué et que la poussière y ait la moindre chance. Bien qu'il soit évident que toutes les petites « postures » de biscuit n'ont pas droit à la même protection. Sur chaque coin d'armoire, chaque rebord de fenêtre et chaque table, il y en a au moins une qui brille en pleine lumière, souvent entourée d'autres bibelots en céramique, ou de plats à fruits avec ou sans fruits, de vases avec ou sans fleurs, de souvenirs de voyage en papier mâché, de photos dans des cadres de tout format, de cendriers de toutes les formes et couleurs, de plantes ou de cactus miniatures dans une large variété de cache-pot allant du Delft bleu à l'authentique porcelaine de Cologne. Il y a en même un en papyrus plastifié, cadeau attentionné d'un touriste revenu d'Égypte.

La cheminée est ornée d'un ensemble de trois pièces, avec dorures et fioritures, imitation dix-huitième, dont l'élément central, gâteau à la crème pétrifié, porte une horloge ronde, un œil de cyclope avec un monocle qu'on peut ouvrir pour remonter la pendule avec une clé-jouet. On peut tourner celle-ci tant qu'on veut, les fines petites aiguilles ne bougeront pas, le ressort intérieur est bousillé depuis des décennies. Les deux autres parties de ce trio, un gentilhomme (à droite) et une gente dame (à gauche) sortant chacun d'une tonnelle, sont en réalité des vases que personne n'ose utiliser, de peur qu'avec des fleurs le tout bascule vers l'avant et tombe de la tablette de cheminée sur ce radiateur à gaz qui ressemble à un âtre bouché au plâtre avec une sorte de mitre en cuivre.

Si vous vouliez voir Josée Verbeke dans une belle rogne – et pourtant elle savait fort bien que vous vouliez seulement la taquiner – il suffisait d'entrer dans son living et de soupirer en jetant un regard circulaire à sa brocante amoncelée depuis des années : « Où est ma carabine ? On dirait vraiment un stand de tir à la kermesse. Et je ne crois pas que j'aurai assez de deux centaines de petits plombs. »

Vous auriez pu dire la même chose dans sa chambre à coucher, du moins si elle vous y admettait, ce qu'elle ne faisait pas volontiers car il faut garder une certaine *étiquette** et l'étiquette implique l'intimité. [Elle, mécontente : « Tout ce qui existait avant l'occupation n'était pas bon à jeter. Les Allemands ont détruit des tas de choses, bien plus que Zelzate et Zeebruges ou que le cinéma Rex à Anvers, avec une bombe volante, les lâches. Après eux, les bonnes manières n'ont plus jamais été les mêmes non plus. Et notre famille royale encore moins. »]

Toutes ses curiosités sont posées sur des serviettes brodées ou des napperons de dentelle, la plupart sont ronds et pas plus grands qu'un sous-bock. Mais certains objets précieux sont rassemblés sur un napperon plus grand de forme ovale, lui-même bordé d'une couronne de franges. Les statuettes sont rangées là pour former un excentrique portrait de groupe. Une ballerine en porcelaine d'avant la Première Guerre croise les mains sous son menton et soulève en oblique un pied pointu à côté de la photo mortuaire d'un ancien fournisseur de jambon fumé qui a été écrasé à vélo le mois dernier par un autobus de la ville. « Cet homme, il venait tout juste de prendre sa pension. [Elle, mélancolique] Même que son vélo était tout neuf. On est peu de chose. » À côté du défunt fournisseur de charcuterie fine se tient impassible le petit pêcheur en bois quelque peu cubiste qu'elle a elle-même ramené du Japon. C'était le voyage le plus lointain que le virus du théâtre et la vie associative lui aient jamais offert, grâce à un projet d'échange entre l'Union Flamande du Théâtre Amateur Catholique et son homologue sans doute shintoïste au pays du Soleil-Levant.

Le clou de la collection se trouve sur sa grande commode, un machin anguleux à la décoration sommaire, près de trois mètres de long avec six portes carrées, dont la caractéristique stylistique principale est la robustesse.

Son frère aîné, l'architecte, l'a dessinée et fait exécuter lui-même juste avant leur mariage, dans l'avant-dernière année de la guerre, lorsque le chêne était hors de prix et quasi introuvable. L'une des six petites portes est munie d'une serrure, toujours fermée du temps de ma jeunesse. Derrière le chêne massif se cachaient les alcools les plus chers et beaucoup de leurs petits secrets.

Je savais où se trouvait la clé et j'en profitais les rares fois où ils se payaient une sortie royale, au Bal du Bourgmestre ou à la fête annuelle des Classes Moyennes Chrétiennes, et qu'ils en profitaient pour y passer la nuit. « Tout de même, pour une fois qu'on a l'occasion de mettre un petit pied dehors. [elle, toute sagesse et sûreté de soi] Autant faire avec ce petit pied un grand pas. Rien de meilleur après une nuit de danse et d'amusement qu'un solide petit déjeuner : une poêlée d'œufs au lard, des couques au beurre encore chaudes de chez le boulanger d'en face et deux cafetières de café costaud. Et après ça, on prend son courage à deux mains, on ouvre la boucherie et on essaie de garder les yeux ouverts jusqu'au moment de fermer la porte du magasin le soir. » Les quelques fois où ils sortaient étaient suffisantes pour passer moi-même une nuit blanche à lire, en épisodes parfois distants d'une demi-année, le *Turks fruit* de Jan Wolkers et les premières *Gangrènes* de Jef Geeraerts, des livres « osés » dont j'avais beaucoup entendu parler, mais pas par mes parents, qui les conservaient cependant dans leur armoire secrète. Je ne touchais à aucun des autres papiers, parmi lesquels leur livret de mariage, leurs passeports et un livre de caisse tenu à la main avec plein de ratures et d'additions. Il ne faut pas vouloir tout savoir de ses géniteurs.

Je n'ai toujours pas dit quel était ce clou de la collection, trônant pontificalement au milieu de la longue commode. Une statuette, en biscuit également, mais cette fois de la dimension d'un chat couché. La Sainte famille colorée en teintes pastel. Marie, Joseph et leur petit, avec sur l'épaule de celui-ci un pigeon qui regarde autour de lui d'un air coupable.

« Fais bien attention [elle, mortellement sérieuse] que personne ne te prenne cette posture s'il nous arrive quelque chose. C'est un héritage de ta grand-mère. Il a survécu à la fuite de Flandre Occidentale au moment de la dernière grande offensive au gaz, quand ton grand-père et elle ont dû partir à toute vitesse avec leur carriole et leur cheval, eux et la servante et leur gamin et leur gamine, et ils n'ont pu emporter qu'une partie de leurs biens, et cette posture en était. C'est un miracle qu'elle n'ait pas été cassée en cours de route dans ce flot de réfugiés en folie, les bêtes et les gens se faisaient écraser ! Elle est plus vieille que ton père, puisqu'il est né après leur arrivée ici, dans la rue Vermorgen. Si tu ne la trouves pas belle, tu peux t'en débarrasser, personnellement je n'en suis pas folle. Mais ne laisse personne te la prendre. Elle est à toi. »

Les personnages se tiennent sur un socle ovale en bois, sous une cloche de verre qui les protège de la poussière. Sous le socle de bois, il y a naturellement un napperon, en dentelle de Bruges celui-là. Lors de la dispersion de leurs affaires, une bonne année plus tard – lui parti tout seul pour sa chambre trop grande de la maison de repos et elle pour son institution de recueil des épaves humaines – le napperon de dentelle e t la cloche de verre rapporteront davantage que la Sainte Famille.

Ils ont maintenant presque fini leur pizza et leur salade ; en mâchant soigneusement, ils écoutent les prévisions du temps qui leur sont apportées ce soir-là par leur présentateur météo favori, celui qui a une grande moustache. Cela nous donne l'occasion de parcourir le reste de la scène avant que ne survienne l'instant fatal. Le décor est la moitié du récit.

Un lustre à trois bras. Chaque bras doré fait une courbe élégante qui se termine par une rose de verre mat dont le cœur est une ampoule. Ces bras sont fixés à l'extérieur d'un anneau, doré lui aussi. Au milieu de l'anneau, un gracieux calice de verre mat taillé, le côté concave vers le haut. En dessous, au milieu de ce calice, pend une excroissance dorée semblable à une pointe de casque allemand de la Première Guerre, mais à l'envers ; elle pointe vers la table ronde de salon. Cette table dont le verre repose sur un fond d'osier tressé sera l'une des rares possessions de mon père qui le suivront dans le déménagement vers sa trop grande chambre de la maison de retraite.

Aux murs ne sont exposées que des pièces monumentales, hormis une horloge murale et une paire de petits bénitiers à sec derrière chacun desquels est glissé un petit rameau de palme desséché. Au-dessus de la cheminée, c'est un miroir à bords biseautés dans un cadre opulent, doré lui aussi et presque aussi haut et large que la cheminée. Sur le mur d'en face : une tapisserie tissée à la machine, sur laquelle deux médiévaux tardifs trottent dans un bois avec un faucon sur le poing, sans voir derrière eux les nombreux lièvres et biches qui les suivent d'un œil étonné. La tapisserie est à demi dissimulée par un sofa à deux places, un joli meuble avec de petits pieds en bois laqué blanc, des accoudoirs ondulés et des ornements en peinture dorée ; il est recouvert de velours vers mousse tendu par une infinité de punaises de cuivre. Les coussins sont du même velours vert mousse et sur le haut du dossier, là où famille, amis et inconnus doivent appuyer leur chef, il y a de nouveau une batterie de napperons. « Pour protéger mes coussins. [Elle, dégoûtée] Tu ne peux pas savoir toutes les saloperies que les gens se mettent dans les cheveux de nos jours. Encore heureux s'ils se les lavent ! »

Au-dessus de cette commode dessinée par son frère pend une peinture de sa sœur aînée, Maria l'Artiste, qui a habité pendant des années à quelques rues d'ici. « Il ne faut le raconter à personne [elle, avec une légère gêne], mais j'ai toujours trouvé ta tante Maria plus douée que ton oncle. Notre Maria avait une main en or, tout ce qu'elle peignait était vivant, et lui, il devait suer et se crever pour arriver à la moitié de ce résultat. On l'a vu en train de jurer devant des natures mortes d'elle, tellement elles étaient prenantes, tellement naturelles. Il a dû devenir peintre en bâtiment et pour le reste, il n'a plus fait grand-chose. N'empêche que c'est à cause de lui qu'elle s'est arrêtée, elle aussi. Ah, si cette fille avait pu continuer à peindre ! Elle n'a pas eu le moindre soutien, en plus il faut dire qu'en ce temps-là ça n'était pas courant, une femme qui fait carrière dans les beaux-arts. Notre Maria, elle aurait pu conquérir le monde. Et maintenant cette pauvre fille est dans une institution, elle ne sait plus aujourd'hui ce qu'elle a fait ou mangé hier, elle reconnaît à peine ses enfants, et ses peintures, elle ne les reconnaît plus du tout. Si un jour je deviens comme ça, il faudra que tu m'abattes tout de suite. Ça n'est pas de la pitié, laisser quelqu'un comme ça en vie, c'est de la lâcheté. »

L'œuvre de Maria l'Artiste, au-dessus de la longue commode, est une copie des *Têtes de nègres* de Rubens. Quatre fois le même Africain avec une petite barbe en collier, « peintes d'après nature sous différents angles », ainsi que les décrivent les catalogues. Un modèle noir, une âme errante du XVIIe siècle, que l'on retrouve en sage d'Orient ou en esclave sur bien d'autres tableaux du maître et qui, grâce à Tante Maria, m'a regardé durant toute ma jeunesse, sous différents angles, effectivement. Lorsque je dus rendre les verdicts, tout seul dans l'appartement abandonné, je sentais encore les quatre paires d'yeux me vriller dans le dos. C'étaient autant de condamnations d'un juge d'occasion venant des années seize cent et quelques.

(L'acheteur siffla d'admiration. « Pas mal pour un amateur. » Mais il me dit qu'il l'achetait pour le cadre. Sobre, travail d'artisan, une belle patine.)

Juste au-dessus de la vitrine à porcelaines, enfin, en situation audacieuse, ne fût-ce que par le poids colossal de son cadre en bois ornementé : le joyau pictural du lieu. Une gravure à l'ancienne mode d'au moins un mètre carré, probablement imprimée au début du vingtième siècle, représentant l'atelier de Rubens. L'artiste est en train de peindre et d'expliquer, debout devant son chevalet, face à son modèle, une femme blanche avec un chapeau à plumes. Ils sont entourés de visiteurs et les murs sont couverts de chefs-d'œuvre fameux. « On va encore se battre pour l'avoir, ce tableau-là ! [elle, avec fierté] Il a failli être pris pour une exposition, ici au Musée Communal pendant l'année Rubens. Mais ils n'avaient pas assez de place pour lui. »

(La Maison Rubens d'Anvers, contactée par e-mail avec une photo de la gravure en pièce jointe, nous remercia aimablement pour la proposition d'un don gracieux. L'acheteur des têtes de nègres en offrit un prix ridicule. L'objet resta dans la famille.)

Le repas du soir est terminé, les assiettes sont empilées avec les couverts par-dessus, prêtes à être emportées à la cuisine. Se dissimulant la bouche d'une main, plus par habitude que par nécessité, elle tripote dans son dentier avec un cure-dents. « Un cure-dents convenable. [Elle, didactique jusque dans les détails] Creux, avec deux bouts pointus, emballé dans un petit papier blanc et fabriqué dans un matériau qui ressemble au tuyau d'une plume de poulet ou à un piquant de hérisson, c'était avec ça que les gens fabriquaient leurs cure-dents eux-mêmes dans le temps. » À la télé, une présentatrice annonce le programme de la soirée.

Lui s'est levé, il ouvre la porte du balcon, il se livre à son péché mignon, l'un de ses rares défauts. La curiosité. Au magasin, il osait mettre sur le gril tous les clients sans distinction, les enfants comme les petites vieilles, les veuves et les chômeurs. Il n'évitait aucun sujet. Divorces, bagarres, ragots. Jusqu'à ce que sa Josée lui siffle un rappel à l'ordre du coin de la bouche, tout en lui donnant un coup de pied dans les chevilles, invisible sous le comptoir. « Qu'est-ce que tu fabriques encore, Roger ? [elle, chuchotant, tout en adressant un hochement de tête très aimable à la cliente] Tu tires les vers du nez de cette malheureuse. Tu es un vrai Sherlock Holmes, toi. »

Il sort une tête curieuse sur le balcon. Il y a du vent, il bruine, le soir tombe, ce n'est pas une invitation à la promenade. L'heure de pointe touche presque à sa fin, sauf autour de ce carrefour dont leur maison constitue un coin et où, en dépit des grands magasins du centre ville et de tous les hypermarchés des environs, un certain nombre de petits commerces font encore de bonnes affaires, parce qu'ils forment eux-mêmes un petit *shopping center.* Un boulanger à côté d'un épicier et d'un marchand de journaux, un peu plus loin une droguerie et un fleuriste, en face en diagonale un marchand de cages et graines pour oiseaux et d'accessoires pour chiens, en tournant le coin un commerce de ciment et de briques et là-bas une boucherie. Oui, elle n'est plus sous leur appartement. Leur locataire précédent, sans prévenir et juste avant l'échéance du bail, a ouvert une boucherie-charcuterie flambant neuve, dans une maison ordinaire de l'autre côté de la rue.

D'abord, mes parents étaient furieux et désespérés, maintenant ils lui sont reconnaissants. Leur ancien magasin est devenu une attraction dont profite tout le voisinage. C'est d'ailleurs une excellente situation pour un tel commerce, sur un coin et sur la plus vieille route menant à Anvers. En fait, c'est quelque chose qui manquait depuis toujours. Une « friture ».

« Rogéke ! [elle, irritée] Ferme un peu cette porte. Il y a un courant d'air fou ici. » Ce sont les derniers mots qu'elle prononce dans la langue qu'il lui connaît.

« Ils font de nouveau la queue jusqu'à l'extérieur », dit-il avec bonne humeur en refermant la porte et replaçant dans le bas le rouleau anti-courants d'air. « C'est tous les soirs la même chose à cette heure. Les voitures viennent se parquer l'une après l'autre ou restent au milieu de la rue avec leurs quatre feux clignotants. Et à voir les sacs plastique, ils n'achètent pas que des frites. Il y en a qui emportent un demi-poulet et d'autres des fricadelles, ou comment on appelle ça maintenant ? On vend de tout dans ces fritures, de la bière en boîte, des chocos glacés et des cigarettes. » Il se retourne vers elle et sursaute.

Son regard est méconnaissable. Vide, mort, glacé. Elle semble fixer quelque chose derrière lui. Ses lèvres s'avancent, se détendent, s'avancent, se détendent. Comme si elles se préparaient à cracher quelque chose d'épais. La salive lui coule de la bouche. Une première goutte tombe de son menton sur ses genoux. Elle ne prend pas sa serviette. Ses mains tremblent sur la table.

Il dit : « Josée ? », ne sachant trop quoi faire, puis il avance quand même d'un pas vers elle. « Quelque chose ne va pas ? »

Maintenant elle tourne tout de même les yeux vers lui.

Son regard n'a pas changé.

Ils restent les yeux dans les yeux pendant quelques secondes. Puis elle lui saute à la gorge. Avec une voix qui n'est plus la sienne. Un cri plein de dégoût sans nom et de rage.

Personne, ni famille ni voisins, n'a jamais vu mes parents se disputer ou même discuter en élevant la voix, comme chacun de leurs enfants et petits-enfants sait si bien le faire. Elle aussi, d'ailleurs, pouvait ferrailler *con brio* avec tout le monde s'il le fallait, agent de police ou metteur en scène, partenaire ou progéniture. Sauf avec lui. Il n'offrait pas de résistance. Il préférait laisser passer l'orage au-dessus de sa tête, jusqu'à ce que l'autre finisse par se calmer.

La colère ne lui allait pas. Il n'était tout simplement pas doué pour ça. Indignation, rage, déception, il supportait tout avec la même passivité, avec une dignité blessée qu'on aurait attendue chez un vieil aristocrate, un prisonnier innocent ou le représentant d'un peuple opprimé. Il y avait quelque chose de très simple et même d'ingénu qui dominait chez lui. Il n'aimait tout bonnement pas l'esclandre, les voix acerbes, l'inimitié. À certains moments on pouvait craindre qu'il n'eût pas sa place dans ce monde de carnivores. Il était capable de prêcher la réconciliation avec un regard de doux reproche, suivi d'un profond soupir et d'un hochement de sa tête ronde. Ensuite, il se détournait et allait dans son atelier fourrer des saucisses ou récurer le sol, jusqu'à ce que l'averse soit passée et que tout le monde se ressaisisse.

Je présume que, entre eux, la vraie réconciliation se faisait au lit. En discutant et autrement. La passion, mais uniquement derrière la porte fermée de la chambre à coucher parentale, lui était clairement moins étrangère que la colère. Leurs deux fils aînés étaient nés la même année, la dernière de la guerre mondiale, le premier en janvier, le deuxième en décembre. « On avait trop envie. [Lui, avec de petits yeux rieurs] Vous savez ce que c'est quand on est jeunes ! » « On avait lu quelque part [elle, haussant les épaules] que ça ne risquait rien tant que je donnais le sein. Après notre deuxième, on a quand même été plus prudents. »

En temps voulu, elle saisissait l'occasion d'une revanche, à armes égales. Ils étaient de sortie, jouaient aux cartes chez des amis ou restaient traîner après une répétition de théâtre, n'importe, voilà qu'il buvait un verre de trop et se mettait à faire le petit comique. Il racontait des blagues de plus en plus salées, toujours les mêmes, d'ailleurs, et toujours aux mêmes personnes, une caricature de sa routine quotidienne derrière le comptoir. La différence, c'est qu'ici, après avoir révélé la pointe, il se permettait de faire un gros clin d'œil à la plus belle femme de l'assemblée, hormis ma mère évidemment.

Elle disait avec de plus en plus d'insistance qu'il était temps de rentrer. Il répondait de plus en plus catégoriquement qu'il buvait son tout dernier verre. À la fin, c'était elle qui devait se mettre au volant de la voiture et qui devait l'éveiller et le sortir de son ivresse en arrivant à la maison. Elle le faisait uniquement pour que les clients et les voisins n'aperçoivent pas dans cet état son époux – celui qu'on appelle chez nous « la moitié de son livet de mariage ». Sinon elle l'eût laissé avec plaisir cuver dans sa Vauxhall Cresta jusqu'au petit matin, la tête renversée, la bouche ouverte et ronflant à grand bruit.

Mais il devait passer le reste de la nuit en bas, sur le sofa. De même la nuit suivante. Et de même la troisième nuit. Pendant tout ce temps, elle daignait à peine lui adresser la parole. Qu'est-ce qui l'avait vexée le plus ? Ce n'était pas clair. Était-ce parce qu'il s'était donné en spectacle ou parce qu'il l'avait contredite et contrariée – et en public, je vous demande un peu ! Alors elle le laissait travailler seul pendant des heures dans « son » magasin. S'il y avait vraiment trop de monde, un *coup de feu** le midi ou en fin d'après-midi, quand affluaient les ménagères impatientes et les ouvriers ombrageux des usines textiles des environs, si ceux qui attendaient dans la file se mettaient à tousser et à remuer comme un public de théâtre pendant un trop long *changement**, il venait dans le living, nerveux et repentant, la supplier de venir donner un coup de main. « Les gens ne comprennent pas ce qui arrivent. Ils demandent après toi. »

Sans répondre, ostensiblement, elle continuait à se limer les ongles, à s'épiler les sourcils, à éplucher pour la dixième fois la rubrique nécrologique du journal. Durant un quart d'heure elle laissait encore son mari et ses clients mariner dans leur jus, puis elle faisait son entrée derrière le comptoir. Avec un sourire d'acier et une voix de pierre.

Au bout de trois jours de pénitence, elle daignait enfin l'écouter. Une audience judiciaire n'était rien à côté de ça. Elle : bras croisés, lèvres serrées, regard assassin, se dégelant plus lentement qu'un réfrigérateur. Lui : suppliant humblement, plaidant, promettant naturellement que ça n'arriverait plus, disant plus de mots qu'il ne le faisait d'habitude en une journée. Dans l'ensemble, un spectacle grotesque, qui n'avait plus aucun rapport avec la gravité de son faux pas, une revanche disproportionnée dans l'arène ménagère.

Et sans doute aussi déjà une partie des préliminaires. Ce soir-là, on allait tôt au lit, pas seulement à cause des enfants.

En dehors de ce rituel rare – lui rapidement pompette, elle pardonnant avec peine – et en dehors de leurs discutailleries quotidiennes pour de petites bêtises, je n'ai jamais été témoin de scènes de tension extrême dans leur couple. Les assiettes restaient entières, les verres intacts, les voix épargnées. En venir aux mains aurait été purement inimaginable. Elle ne l'aurait pas toléré, lui n'y aurait jamais pensé. Nous, ça nous faisait plutôt rire lorsque, rarement et le plus souvent à l'instigation de sa femme, il nous donnait la petite tape pédagogique à laquelle nous avions droit pour avoir de nouveau fait les singes, rien d'étonnant dans cette famille de sept entassée dans une maison trop étroite. Pourtant c'était en lui que nous voyions le singe.

Pour contenir sa colère et malgré tout la convertir en une tape d'avertissement, il devait faire appel à toutes ses forces, aller contre sa vraie nature qui était si étrangement pacifique. Il était capable de couper la tête à une volaille avec flegme, d'un coup sec du côté de la main il brisait avec indifférence la nuque d'un lapin qu'il tenait suspendu la tête en bas, il dépouillait un lièvre mort et le coupait en quatre devant les clients sans interrompre ses commentaires sur le temps médiocre de ce printemps. À l'abattoir non plus, rien ne l'ébranlait, ni les ultimes hurlements d'angoisse d'un cochon, ni le cliquetis des chaînes avec lesquelles on hissait un taureau à peine mort, prêt à être à être fendu de la gorge à l'entrejambes. Mais avec nous il devait se faire violence. Il fallait qu'il montre son autorité physique à un adolescent impudent, son propre enfant.

Il crispait les épaules et les rentrait au point que sa nuque semblait y disparaître, il poussait sa tête tremblante à demi en arrière, fronçait les paupières et les sourcils et surtout il pressait sa langue avec une telle force contre la lèvre intérieure que celle-ci saillait et que cette langue rose apparaissait derrière : c'était au détail près toutes les actions que nous faisions quand nous voulions imiter un singe. Sauf qu'il nous arrivait aussi de ployer les genoux et de nous balancer et clopiner en rond en nous grattant les aisselles et en émettant des sons de forêt vierge.

Un chimpanzé. Voilà à quoi nous faisait penser notre père quand il était au comble de la colère. Et sa colère était si peu crédible. Et la gifle cinglante qui suivait ne parvenait jamais complètement à effacer notre hilarité.

Une seule fois cette hilarité a dégénéré en stupéfaction et peur des dégâts. Parmi les cinq enfants Guy était celui du milieu, c'était aussi Le Plus Beau, Le Plus Sportif et surtout Le Plus Difficile, l'idole de toutes les petites jeunes filles du voisinage et de tout son club de foot l'Excelsior, il était un fan des Beatles depuis les débuts et donc un amateur de cheveux longs au-dessus des oreilles. Mais une fois de plus il avait montré son côté le plus indocile.

Il n'avait pas besoin de grand-chose pour se révolter. Protester contre la retenue de son argent de poche pour exécrables résultats scolaires. Refuser de reconnaître que le paquet de cigarettes trouvé dans son cartable lui appartenait. Nier effrontément qu'il ait participé à une bagarre à l'école ou qu'il ait embêté sa petite sœur, ses deux hobbys favoris pourtant. Ou carrément refuser de jouer, comme chacun le faisait, son rôle dans les nombreuses activités du magasin. Au contraire, il exigeait le droit de confisquer à son profit le transistor Schaub Lorenz tout neuf pour prendre place dehors, sur le rebord de fenêtre de la salle de bains, sa loge d'honneur devant le spectacle de la rue, d'où il regardait la vie mouvementée de la ville à la tombée du soir, les derniers modèles d'automobiles et les rares beautés féminines, qu'il sifflait à plaisir, comme le faisaient les ouvriers du textile parfois à peine plus âgés que lui.

Mon frère n'était pas le seul à aimer contempler la fin de la journée de travail dans le quartier. Beaucoup de ménagères plaçaient à côté de leur porte ouverte une chaise sur le trottoir, le dossier appuyé contre le mur, et regardaient la rue les bras croisés ou en tricotant paisiblement, certaines sirotant aussi un verre de trappiste, toutes bavardant sans discontinuer, s'interpellant parfois d'un côté à l'autre, la main en porte-voix quand passait un bus ou un camion. Chez nous les commérages n'étaient pas chuchotés.

Entre-temps les fabriques se vidaient en un spectacle de *musical* désordonné, sans metteur en scène. Éreintés, en salopette bleue, les ouvriers, maussades ou au contraire joyeux et surexcités, quittaient leurs filatures, leurs ateliers de retordage, de teinture, de tissage, tous lieux de la *bonneterie** locale, fierté et richesse d'une ville industrielle à l'éclosion tardive. Les travailleurs du textile étalaient franchement et crûment qu'ils avaient au moins conscience de ceci : sans eux le bien-vivre de leurs patrons ne serait pas aussi florissant et il ne faudrait pas les pousser beaucoup pour qu'éclate la grève sauvage. La partie la plus rugueuse de notre clientèle.

Ils faisaient grand bruit à l'arrêt de l'autobus ou s'éloignaient, vacillant lentement sur de vieilles bécanes dépourvues de lumières, presque tous fumaient comme des Turcs, presque tous étaient munis d'un cartable usé contenant une boîte à tartine vidée dans la journée, un thermos vide et deux ou trois bouteilles de bière, vides elles aussi. Les employés les croisaient sans saluer, en hâtant le pas, perdus dans des pensées hautaines, les hommes en costume avec chapeau et serviette, les femmes, le nez en l'air, en tailleur et talons mi-hauts. Quelquefois, en traversant une rue, balançant leurs talons sur les pavés inégaux, elles perdaient leur impassibilité en même temps que leur équilibre. Cela faisait rigoler les ménagères et plus encore les ouvrières qui gagnaient leur croûte dans les ateliers de tissage et de retordage, où le travail était plus raffiné et où le salaire était parfois plus élevé que celui de leurs hommes dans d'autres branches. Les divorces étaient courants, ce qui accentuait la réputation d'irréligion de la jeune cité. Elles marchaient toujours en groupe, en cache-poussière bleu clair, c'étaient les grandes gueules de la bonneterie, aussi provocantes que leurs collègues masculins à qui elles répondaient du tac au tac à chaque vanne vulgaire, quand ce n'étaient pas elles-mêmes qui criaient et sifflaient dès que passait un beau gars. Certaines entraient en vitesse dans notre magasin pour faire un dernier achat, le bifteck du soir ou de quoi remplir la boîte à tartines du lendemain.

Au passage elles hélaient mon frère. Il connaissait la plupart d'entre elles par leur nom. Elles le connaissaient toutes. L'une lui pinçait la joue, l'autre lui offrait une cigarette. Il refusait en rougissant. Mais en la regardant dans les yeux encore plus franchement. Casanova en apprentissage.

Il refusa d'être encore un rouage dans la machinerie de l'affaire familiale. Car il y avait toujours une machine à hacher ou une pile de plats sanguinolents à laver, des croquettes de pomme de terre, au fromage ou aux crevettes à rouler à la main à l'ancienne et à paner deux fois, toujours des livraisons à domicile à faire, même pour deux cents grammes de jambon à l'os ou de filet de cheval fumé, ce que faisait à vélo un des fils de la maison avant d'aller à l'école, dans un quartier éloigné si besoin était car [elle, agitant l'index] « il faut chaque fois se réjouir d'avoir un nouveau client », « personne n'est moins ni plus que nous », « devant le comptoir, tous sont égaux. » Le refus de Guy, cette rupture de l'harmonie élémentaire de la classe moyenne, pesa très lourd dans sa réprimande. Ce qui ne plaidait pas en sa faveur, c'est qu'en montant la garde à l'extérieur, il était Le Plus Populaire mais que dans le cercle intime il n'en était pas moins Le Plus Insupportable. Il la cherchait, son engueulade ! Il fallait faire un exemple afin d'écarter le péril d'une révolte familiale généralisée.

Confisquer le transistor Schaub Lorenz, ça, elle pouvait le faire elle-même. Mais la baffe ? La mater familias jugea qu'il valait mieux qu'elle soit administrée par une figure paternelle.

Tous les yeux sont fixés sur lui, un père en tablier de boucher qui traîne les pieds, et sur lui, un fils rebelle qui, depuis un mois, ne veut plus porter de culottes courtes, sauf sur un terrain de foot. Au Cercle de Natation du Pays de Waes il est aussi le héros, le grand espoir de médailles. Lors des compétitions à la piscine municipale, dans l'ambiance acoustique tonitruante et les odeurs pénétrantes de chlore, le nom « Guy » est scandé dès avant le signal du départ, pour le stimuler et intimider les adversaires.

« Dis à ta mère que tu regrettes », dit le père, plus indigné que furieux. « Je ne vois pas pourquoi », répond le fils avec son regard à elle, son entêtement à elle, sa beauté à elle. Et avec son éloquence à elle, il y ajoute même tout un plaidoyer, moins un plaidoyer qu'une accusation contre l'injustice manifeste qui lui est faite dans cet environnement frustrant. On ne lui laisse pas assez de temps pour s'entraîner. Personne dans sa classe ne doit faire la vaisselle aussi souvent que lui. Ses camarades se moquent de lui lorsque, juste avant d'aller à l'école, il doit aller porter une livre de saucisse « à l'une ou l'autre vieille mémé » qui, par-dessus le marché, lui caresse les cheveux quand il lui livre sa marchandise. Ici, dans cette maison, cette famille et ce commerce, on le maltraite, on l'exploite, on le regarde comme du petit personnel. D'ailleurs, il faut qu'on augmente son argent de poche, ou alors ils n'ont qu'à embaucher un vrai domestique. Et pendant ce temps sa mère, elle, se la coule douce, le matin elle reste au lit bien plus longtemps que son homme, elle prend tout son temps pour le petit déjeuner avant de venir aider au magasin. Et elle perd plus de temps avec son bête théâtre que lui ne peut en passer à la natation et au club de foot.

Ça, c'est le bouquet. L'indignation du doux et taciturne boucher vire maintenant à la vraie fureur. Ses yeux s'écarquillent et oui, voilà sa langue qui se montre, épaisse et rose, poussant en avant la lèvre inférieure, son visage se crispe et devient écarlate, masque de lutteur oriental en contraste frappant avec le tablier blanc. La baffe va tomber. Plus violente que jamais.

C'est justement pourquoi le boucher ne fait pas confiance à ses mains tremblantes qui sont tellement habituées à manier le couteau. Il cherche un objet symbolique mais innocent, quelque chose qui soit capable de neutraliser la violence avec un petit contenu grotesque, et il trouve une assiette. Même pas une grande. Une petite assiette à dessert. Du service ordinaire. Avec le bord ondulé. Du genre de celles dans lesquelles on mange la « pappe au riz ». Le temps de l'abattre sur la tête de son fils, et il a retrouvé assez de contrôle sur sa colère pour ce ne soit plus qu'une pichenette allégorique. Une tape qui doit sa valeur d'humiliation non à la violence du coup mais à la banalité de l'objet avec lequel il est porté.

Néanmoins la petite assiette à dessert se casse parfaitement en deux, à la consternation générale. Une moitié se détache et éclate en mille morceaux sur le carrelage de l'atelier.

Un instant unis dans la stupéfaction, géniteur et enfant contemplent la moitié d'assiette qui reste dans la main du père frappeur. Puis le fils porte la main à sa tête avec un grand cri, ses genoux le trahissent, il gémit et tourne de l'œil comme un mouton à l'abattoir et accuse son père d'un forfait.

Il faut préciser tout de suite que le malheureux paternel a eu la malchance d'empoigner l'assiette qui s'était cassée en deux peu de temps auparavant et qu'elle, la mère de famille économe, avait tenté de réparer avec une colle qui s'était révélée impuissante face à l'eau chaude – [elle, indignée] « Ce Velpon n'est vraiment pas la *colle-tout** qu'ils promettent ! » Par conséquent, le reste de la nichée commence à se payer la tête du pleurnichard, prenant parti pour leur père et non pour le comédien. À la longue, elle décide de tirer un trait sur l'incident, ordonnant au fiston de cesser de geindre et de ramasser les tessons, ce qui ne l'empêchera pas, lui, le rebelle-né, de continuer pendant tout un temps à pester et à se plaindre de maux de tête et de la violence parentale. Par le talent théâtral aussi, il est le fils de sa mère.

Après sa puberté tempétueuse et un mariage non sans nuages, il reviendra, divorcé et pacifié, se réconcilier avec elle. Un Italien adulte qui redécouvre *la mamma*, discernant soudain entre elle et lui davantage de liens que de différences. Dans la ville où il habitera, à septante kilomètres de là, il montera aussi sur les planches du théâtre amateur, dans des rôles de premier plan. Hormis cela, il restera ce qu'il a toujours été depuis le temps où, radieux, il regardait le monde venir vers lui, assis sur le rebord de la fenêtre de la salle de bains avec le Schaub Lorenz à côté de lui et la musique des années soixante autour de lui et dans sa tête. Coureur de jupons, boute-en-train, hédoniste et disc-jockey jusqu'au jour de sa mort. Un jour, au petit matin il s'endormira au volant de sa Honda Civic, fera une embardée, sortira de la route et s'écrasera contre un arbre. Nuque brisée, fin.

Trente-deux ans à peine.

À part la petite assiette à dessert, aucun objet de vaisselle n'avait jamais péri dans une escarmouche dans la maison des époux Lanoye. Jusqu'à ce fameux soir. Ils ont tous deux dans les quatre-vingts ans et, après un simple dîner de pizza, elle lui saute à la gorge. Sans avertissement, l'écume aux lèvres, en poussant un cri dans une langue inexistante.

Maintenant deux assiettes et deux verres de cristal succombent. Ils tombent de la table et sont foulés aux pieds dans le pugilat tragique de deux éternels amoureux.

S'il pouvait au moins saisir ce qu'elle dit, il comprendrait ce qui lui prend. Mais elle vomit un flot irrépressible de bruits rauques, de morceaux de sons bruts, d'explosions brusques suivies de cris prolongés, c'est un bafouillage agressif, une purée de langue pleine de bribes de mots et de sifflements, un salmigondis barbare. C'est un baragouin total dont elle invente sur l'heure le vocabulaire et la grammaire, sans se rendre compte que personne d'autre qu'elle ne pratique cette langue d'enfer.

Sa pratique à elle est celle d'un tribun démagogue au sommet de la rage. Sa voix est aiguë, forcée, angoissante, prête à se briser, son visage blême et fiévreux est baigné de sueur. Visiblement, cela lui fait mal, mais elle poursuit obstinément son discours menaçant. Elle brandit vers son mari un index accusateur, comme s'il venait de commettre un méfait sous ses yeux. Moins il la comprend, plus grande est sa fureur. Et plus il supplie et demande qu'elle s'explique, moins elle semble saisir la langue de son Roger.

Cela ne fait que la rendre encore plus furieuse.

Elle lui saute dessus et l'empoigne par le cou, continuant infatigablement à hurler son charabia enragé. Il essaie de se dégager sans lui faire mal, mais elle s'agrippe, indignée, le prend à bras le corps, rugissant de plus belle à mesure qu'il lui résiste. Ils restent ainsi soudés, inséparables, enchevêtrés en un tango étouffant et hideux. Deux chiens après un accouplement raté, et l'un qui tente de déchirer l'autre.

Soudés dans leur affreux embrassement, ils valsent d'abord avec violence contre un coin de leur vitrine à porcelaines, leur aquarium mauve plein de fragiles poissons d'ornement. Toutes sortes de choses se brisent à l'intérieur. Puis ils se cognent douloureusement à la table de la salle à manger – un meuble robuste lui aussi dessiné par le frère aîné architecte. Pendant la dernière année de la guerre, ils ont dormi toutes les nuits entre les pieds massifs de cette table, sous le rassurant plateau extra-épais.

Ils s'y faisaient un lit de fortune quotidien avec des coussins et des couvertures roulées, un abri temporaire de duvet, de bois de chêne et de laine, elle y allaitait son premier-né puis blottissait celui-ci entre elle et son jeune époux, qui se fichait pas mal de l'endroit où il dormait, sur ou sous une table, pourvu que ce fût près d'elle. Il trouvait même cela amusant et excitant, ce ciel de lit improvisé. Leur deuxième enfant a sans doute été conçu là, sous la table.

Le matin elle n'aimait pas quitter ce nid sûr. « Et si je m'étais écoutée, [elle, des décennies après, à chaque occasion] on serait restés en permanence sous notre table, et même longtemps après la Libération. [Elle, elle, elle, dans ce magnifique et ininterrompu flot de paroles baroque et précis de jadis, la langue mélodieuse qu'elle a maîtrisée pendant tant d'années, son idiome d'avant cette soirée fatale, la langue de son moi d'avant, ma plus ancienne source, ma langue maternelle, mon ADN verbal : elle, elle, elle] J'aurais voulu vivre sous cette table jusqu'à la capitulation complète des Allemands. J'y aurais fait la lessive et la vaisselle, et la popote en plus, tellement j'avais peur des bombes volantes. J'ai pu voir de mes propres yeux la dévastation que c'était. Mais attention, on les *entendait* venir. De loin. Un petit bruit crépitant, comme une motocyclette dans une rue déserte. Tant qu'on entendait ça, tout était en sécurité, mais malheur quand ça s'arrêtait ! Il y a avait d'abord ce silence qui rendait fou et puis, pire encore, un sifflement qui devenait de plus en plus fort, c'était comme la destruction livrée à domicile, une croix qui tombait sur une école, une rue, un quartier, et même toute une ville, si ça se trouvait. Dans la rue du Gazomètre, il y en a une qui est tombée au beau milieu de la nuit. Une douzaine de maisons ouvrières, et il n'en restait plus qu'une montagne de ruines, pleine de blessés qui gémissaient et de cadavres écrasés. J'ai vu sur le trottoir devant moi un petit pied de femme arraché, sans chaussure, à côté d'une main d'homme avec une alliance, ils attendaient les corps auxquels ils appartenaient, à supposer qu'on les ait retrouvés dans ces ravages. Je regardais ce petit pied rose à côté de cette main poilue avec une alliance et je pensais : et si jamais une bombe comme ça tombait sur notre baraque ? Eh bien alors, on n'aurait été nulle part mieux que sous notre table. Du chêne flamand massif ! Un plateau double épaisseur ! Même si cinq étages nous tombent sur la tête, on survivra à tout, on sera en sécurité pour toujours. »

Maintenant les deux vieux époux, unis dans leur déchirante *danse macabre**, tombent de tout leur poids contre elle. La table tremble à peine. Mais dans la lutte les assiettes et les verres à vin sont balayés. Ils éclatent en morceaux qui crissent sous les semelles des pantoufles. Un bruit à vous glacer la moelle des os. Un bruit qu'on n'a jamais entendu par ici.

Il supplie sa Josée de cesser. Il se lamente, lui demande d'expliquer. Finalement, prisonnier dans ses bras, il fait ce qu'elle a détesté chez un homme durant toute sa vie. Il pleure. Elle le repousse, avec une force d'acier, avec la puissance effrénée de ceux qui sont hors d'eux, elle l'insulte sans discontinuer dans son dialecte infernal, dont il ne comprend toujours pas un mot mais dans lequel il est aisé de ressentir tout le poids de l'accusation : il se fiche d'elle, il la trahit, il la martyrise avec son incompréhension, sa malignité, son existence même.

Soudain elle se calme. C'est aussi inattendu que l'explosion de tout à l'heure. Le silence est déconcertant, de mauvais augure. Elle s'assied, le regard de nouveau fixe, haletant comme avec douleur, mâchant quelque chose d'imaginaire, perdant complètement de vue la présence de son mari, ne prêtant aucune attention aux assiettes et aux verres cassés, un spectacle qui, normalement, l'aurait profondément choqué.

Il profite de cette accalmie bizarre pour téléphoner à leur fils aîné. Sans qu'elle le voie. Et en chuchotant, de peur de la jeter de nouveau dans une fureur sans mots.

Cet ouvrage
a été mis en page et achevé d'imprimer
en avril 2021
par les Ateliers Graphiques de l'Ardoisière
à Bègles.

Imprimé en Europe